冥途

[日] 内田百閒 著

李雅旬 译

清华大学出版社

北京

图书在版编目(CIP)数据

冥途 / (日)内田百闻著;李雅旬译. —北京:清华大学出版社,2022.7
(夏目漱石时代的珠玉名篇)
ISBN 978-7-302-54015-1

Ⅰ.①冥… Ⅱ.①内… ②李… Ⅲ.①散文集—日本—现代 Ⅳ.①I313.65

中国版本图书馆CIP数据核字(2019)第237149号

责任编辑:纪海虹
装帧设计:万墨轩图书·夏玮玮
责任校对:王荣静
责任印制:杨 艳

出版发行:清华大学出版社
　　　　　网　　址:http://www.tup.com.cn,http://www.wqbook.com
　　　　　地　　址:北京清华大学学研大厦A座　　邮　　编:100084
　　　　　社 总 机:010-83470000　　　　　邮　　购:010-62786544
　　　　　投稿与读者服务:010-62776969, c-service@tup.tsinghua.edu.cn
　　　　　质量反馈:010-62772015, zhiliang@tup.tsinghua.edu.cn
印 装 者:小森印刷(北京)有限公司
经　　销:全国新华书店
开　　本:128mm×185mm　　印　　张:4.375　字　　数:63千字
版　　次:2022年7月 第1版　　印　　次:2022年7月 第1次印刷
定　　价:68.00元

产品编号:076623-01

夏目漱石时代的珠玉名篇

目录

0　烟火

6　山东京传

12　尽头子

22　乌鸦

28　人面牛

40　回声

46　漂流木

52　蜥蜴

62　旅伴

70　线叶藻

76　短夜

88　石板路

96　驱天花神

104　白化体

112　码头

122　豹

128　冥途

烟
火

我沿着长长的堤岸朝着牛窗①港走去。堤岸的一侧是辽阔的大海，另一侧是浅浅的海湾。海湾的这面生长着纤细而颀长的芦苇，一直延伸到堤岸上。越往前走，芦苇越高，放眼望去，远处的堤岸似乎被芦苇掩盖。

　　大海的这面正汹涌着惊涛骇浪，巨浪拍打堤岸的声响仿佛使堤岸深处都在震颤。然而，巨浪丝毫也没有涌到堤岸上来。我行走在浪潮和芦苇之间。

　　走着走着，迎面走过来一位身穿紫色和服裙裤②、气色很差的女人。女人恭恭敬敬地向我鞠躬。我感觉她似曾相识，却又记不起来。我也默默地向她鞠了一躬。

---

① 牛窗，位于日本冈山县东南部，是重要的渔港和观光地。
② 和服裙裤，包裹下身的一种宽松衣物，由前后两部分组成。下部为筒状，分左右，多为两裤腿分开之型。上部缝有系带。日文中称"袴"。

于是，女人娴静地说道"我们同行吧"，便和我并排走了起来。她朝着来时的路往回走，这让我感觉很诧异。她的言行举止都像是在迎接我似的。不管怎样，我姑且随她前行。女人看上去比我还要年长两三岁。

突然，生长着芦苇的海湾一侧的上空，接连升起硕大的烟火。绚丽的火花拖曳着长尾，渐渐坠入海湾。女人指着天空说道："那边天色已暗，我们加快脚步吧。入夜之后，还在堤岸上走就麻烦了。"

海湾上空升起烟火，我仿佛曾经看到过同样的情景。

越往前走，芦苇也变得越高。它们越过我的头顶，发出叶子相互摩擦的轻响。四周昏暗下来，堤岸正逐渐融入夜色之中。大海的上空燃起了通红的晚霞。暮色中的浪头在晚霞的映照下被染成微红，我眺望着这神奇的景色，然后回头望了一下女人。女人指着海面说道："海上也暗下来了，我们快点走吧。"

天边通红的晚霞很快消褪了颜色。像燃烧后的纸灰一样的不明物，从远处由海湾一侧飞向大海一侧泛红的上空。

"那是海蝙蝠。这里的天色也要变暗了。"女人说道。

堤岸上暗了下来，我开始感觉不安。浪声和芦苇叶摩擦的声音萦绕着我。女人惆怅的身姿清晰地映入我的眼帘。我寻思跟这样一位阴郁的女人同行，想必不会招来什么好事情吧。然而，在这没有岔路的堤岸上，又不能避免同行，我只好默默地走着。突然，道路的一侧变得异常明亮。我大吃一惊，朝着光亮的方向望去，只见芦苇丛里布满了烟火筒，美丽的火星从筒里飞入黑暗之中，而后便消失得无影无踪。烟火在天空中绽放又消散，我出神地望着眼前的景色，想着烟火的火球有没有落入芦苇丛呢。

"火球落进芦苇丛了。这里很快就会着火，我们快走吧。"女人说道。

女人从堤岸上一处奇妙的地方，拐下了海湾一侧。我也跟随她走下去。已经可以望见对岸灯火辉煌的牛窗港，而我却未能摆脱女人。我一边望着对面的灯火，一边跟随女人来到浅滩。她沿着滩边疾步而行。不久，我们走过浅滩，来到长廊的入口处。将我领到这里后，女人自己先走了进去。我想到不能再跟她走了，然而再看女人时，只见她眼泪汪汪地、默默地望着我。我感觉自己像是被什么拖拽着似的，又跟着女人走了起来。

我跟在她身后走着，长廊里渐渐变得狭窄昏暗，看不清脚下的路。走到长廊拐角处，隐约能看见尽头处灯柱上有一盏灯正亮着。灯光洒向四周，浸润了长廊的木板。不知为何渐渐有种压迫感，我觉得呼吸困难，想要折回去。这时我似乎明白了女人为何要带我来到这种地方。我后悔地想，若是在堤岸上早早跟她告别就好了。正想着，左侧突然出现了一间宽敞的白色客房。我看着客房，发觉天尚未黑，不禁舒了口气。紧接着又是一间客房，客房的正中央安置着一个阅书架，上面摊开着一本用古老纸张装订成的小册子。我漫无目的地朝那边看时，女人的表情却示意我：那本小册子就什么都明白了。我慌忙把视线移向别处，从客房前走过。我感觉仿佛触碰到了十分可怕的东西似的，内心忐忑不安。前面是个外廊，洗手钵上的毛巾飘动不停。我来到毛巾架旁，呆呆地站着。我想回家了。正在这时，女人突然在我面前跪下，望着我继而抽泣起来。

"堤岸上已经一片漆黑，请在我身旁多待会儿吧。"女人说道。我没有回答她，只是伫立着想回家的事。远处时不时地传来沙沙的风声。

"芦苇丛着火了，已经出不去了。你听，那是千万根芦苇茎同时烧断的声音。"女人又说道。然而我想回家了，待在这样的女人身旁无疑是件恐怖的事。

这时女人又说道："堤岸已经被浪淹没，您失去回家的路了。"

说完，女人大声哭了起来。她将脸伏在外廊上，双肩战栗。毛巾架上的毛巾在女人上方飘动着。我想趁此机会回家，便准备返回之前的长廊。正在此时，我却被伏在外廊上的女人白净的脖颈发际吸引住了。女人的容貌和神情都很阴郁，气色很差，唯独脖颈发际处水嫩嫩的，美丽动人。我像突然被浇了冷水一样，惊吓得两腿发软。我曾见过这脖颈发际，至于是十年前还是二十年前我记不清了。在某个十字路口我遇到过这个女人，回头望过她白净的脖颈发际。啊啊，原来是那个女人呀，我刚回想起来，她就一下子扑上来紧紧揪住我的脖颈。

"负心汉、负心汉、负心汉！"她喊道。

我脚下无力，无法抽身。我挣扎着转过脸向后看时，却发现哪有什么女人，连个人影都没有。然而，不知是什么看不见的东西紧紧抓住我的脖颈，使我不得动弹，我想呼救，但是喉咙堵塞，发不出声音来。

山东京传

我成了山东京传^①家里的寄宿书生，职务是看门人。在这世间，我既没有妻子儿女，又没有父母和兄弟姐妹，孤身一人的我只有山东京传可以依靠。我因为崇拜他而做起了书生。

　　我把桌子支在大门门槛的后面，坐在桌前。我没有单独的房间，但也没有任何让我感到不满意的事情。不管怎样，能够这样待在山东京传身旁，让我很高兴。

　　我坐在桌旁揉药丸。由筷子似的药棒切割而成的

① 山东京传（1761—1816）：日本江户后期通俗小说家、浮世绘画师。本名岩濑醒，通称京屋传藏。画师名北尾政演，江户人，活跃于通俗小说创作的所有领域，成为町人出身者以通俗小说创作为职业的第一人。以写实手法巧妙地刻画出吉原风俗的微妙，为洒落本创作第一人。著有黄表纸《江户产风流烤鱼串》、洒落本《通言总篱》和读本《忠臣水浒传》等。

带棱角的小药块儿，每次往桌上放五六个，拿在手心不停地滚动，不久就变成圆溜溜的药丸了。我拼命地揉搓，一颗接一颗，不久桌旁就堆满了药丸。在此期间，形形色色的人来访，我都记不太清楚了。

很快就到了午饭时间。吃饭的地方是在里屋的白色客房。我进去后发现山东京传正坐在上席用餐。我跪坐在门槛处，毕恭毕敬地行礼。片刻之后，抬头看时，只见山东京传正若无其事地吃着自己的饭。这又加深了我对山东京传的尊敬之情。

我走进白色客房，就了座。我担心自己失礼，极度不安。而且，如此宽敞的客房里，除了我和山东京传之外，没有其他人。我感觉心里堵得慌，想说些什么。我担心什么也不说不太好，同时又怕胡乱讲些无聊或者不愉快的事情，惹山东京传生气那可就麻烦了。我坐在那里，忸怩不安；而山东京传却旁若无人地在喝汤。我不由得对他肃然起敬。

我想赶快吃完离开。然而，山东京传并没有发话让我吃饭，也没说别的。也许他不想对我说"吃吧"之类的话，倘若真是那样，太过客气反而不好，我干脆就直接吃好了。可是，也许不是我想象的这样。也可能他正准备对我说"吃吧"，那样的话，我随意动筷子就不好了。我不知该如何是好，坐在饭桌前，不知所措。

正在这时，好像有人来了。我立刻向大门走去，边走边松了口气。大门那儿并没有人。我想可能是有人来了又走了吧。我站在那里，感觉四下极其冷清，便立刻返回里屋的客房，然后看了看山东京传的脸。山东京传的大脸上没有一点胡须，睫毛也全部脱落，眼眶泛红。看到他的脸，我心底泛出一阵温暖。

"没有人来。"我说道。

山东京传没有回答。我猜想他是不是生气了。赶紧站起身来，像神官①走路一样，静静地退出了客房。我就着鱼糕吃了点饭，接着一口气喝下了很多茶。然后我又坐在大门旁边开始揉搓药丸。

不久，有位个头矮小的不速之客来访。小矮人双手支地，从大门的台阶板跃了进来。

我前去禀告山东京传。山东京传正在外廊站着发呆。我说道：

————————————

① 神官：神职人员，操持神社祭神仪式的人。

"有位非常矮小的客人来访。"

"什么！"山东京传发出了似乎极其吃惊的奇怪声音。那声音能把听到的人吓得跳起来。我又重复了一遍：

"有位非常矮小的客人来访。从台阶板上支着双手……"

"哎呀！"山东京传突然跑了出去。我也跟着他跑到大门口。山东京传在大门门槛处站住，目不转睛地盯着台阶板。我一动不动地站在他身后。

突然，山东京传转过身来，脸色十分可怕。

"长点儿心！有这样的人吗？"说完，山东京传慢慢走近我，瞪着我说："这不是山蚁①嘛。"

我像是摔了个屁股蹲儿，大吃一惊，又看了看那位来客，恍然大悟，那是一只从头到尾像刷了黑漆似的、黑得发亮的山蚁。

我赶紧向山东京传道歉。山东京传并不接受我的道歉。他说道：

_____

① 山蚁：山蚁亚科蚁的总称。体长 5～9mm。在日本有黑山蚁、红山蚁等约 60 种，各地均有分布。

"什么士农工商，净是胡扯。我还从未见过像你这样不靠谱的人！"

我慌忙道歉："实在抱歉。"

"道歉也无济于事！"山东京传说道。

我没想到山东京传竟然会这么说，遂感到意外而失落。然而，是我自己犯了错，这也是没有办法的事。于是我便死了心。

山东京传只说了句"滚出去"，就不再理会我了。就这样，我被山东京传逐出了家门。

我被赶到马路中央，不知该如何是好。我不知道该如何排解困惑而混乱的心绪，大哭起来。哭着哭着，我明白了。原来山蚁是来偷药丸的，所以山东京传才会那样惊慌愤怒。可是，我还是不明白为什么山东京传会那么在意药丸呢？

尽头子

有人要给我介绍女人，于是我悄悄地走出了家门。我依稀了解到那个女人是别人的小妾。路上一个人影儿也没有，我沿着那条奇怪的路走了很久，来到女人家门前。那是一座狭长的两层小楼，并排有四间屋子，左起第二间是女人的住处。也不知为何，我很确信左边是北。我进去之后，立刻被带入客房。客房极其宽敞，有点儿泛白。我一个人坐在客房的正中央，感觉很不自在，脸绷得很紧，像是洗过脸后没有擦干，在等它风干一样。过了许久，开始吃晚饭了，女人伺候我吃。坐在宽敞客房的正中央，让我总觉得有些顾虑，不能安心，没办法我只好边看女人边吃饭。女人不怎么说话，我也没有什么特别要聊的，就彼此沉默着。女人的容貌看得不是很清楚，但让我感觉是个不错的女人。她白皙而柔软的手每动一下，都吸引着我的心。

只是不知道为什么,女人老是做出一个习惯性的动作,即用她白皙的手背迅速而频繁地掠过自己的鼻尖,然后又装作若无其事的样子。真想让她改掉这个令人讨厌的习惯,但是又不好开口,就忍着没说。但我总觉得像是和狐狸在一起似的。

我们就这么坐着,漫不经心地吃了晚饭。外面天色已暗,渐渐入夜了。我虽然介意她奇怪的手势,但越来越觉得女人可爱。正在这时,外面的格子门突然打开,主人回来了。我惊慌得忘记了呼吸,手足无措。逃也逃不掉,想躲却不了解家里的布局。一想到被抓起来就完了,我便着急得快要哭出来。女人依旧安坐着,用她白皙的手掠了两三次鼻尖,然后说道:

"大盘小盘,天理真理。不要慌张,我来处理,请安心吧。"

她确实是这么说的,但是开头的那句我没能听懂。很快,主人带着一名男子,来到了客房。主人锐利的目光使我感到压抑和不安。我依旧坐在饭桌前,心想是该向他行礼呢,还是逃走呢。这时,女人对主人说道:

"今天这个人来请求做徒弟,我正请他用饭。"

"谢谢款待。"我说道,然后鞠了一躬。主人听完,直接起身上了二楼。主人的脸拉得很长，十分可怕。他脸色发青，带着黑眼圈，一副极为不高兴的样子。主人离开后，跟在主人身后的男子阴沉着脸，恶狠狠地看着我。想必这男子是主人的弟弟吧。他同样拉长着脸，挂着黑眼圈，和主人一样一脸不高兴地上了二楼。女人也追随在男子身后上了楼。我长长地舒了一口气，站起身来，跟跟跄跄地向檐廊走去。丸子状的金鱼在泉水中游来游去。天已经很黑了，远处什么也看不见。我感觉寂寞而悲伤，这才意识到自己来到了不该来的地方，酿成大祸了。我完全不清楚要跟着主人当什么徒弟。本想跟女人确认一下的，但是女人也跟着上了二楼。我想去找别的人问一问，又担心事情败露，于是不得不装出一副了解一切的样子，真是很为难。心想干脆逃掉算了，但又担心自己逃走之后女人为难，想象女人可怜的情形也就作罢了。我虽不了解主人从事的买卖，但从他那张脸来看，估计不是什么像样的工作吧。

　　我正在檐廊边上苦恼的时候，主人的弟弟和女人从楼上走了下来，两人并排坐在我面前。主人的弟弟从怀里取出一张红色的纸条。

"那么，"主人的弟弟说道，"给你起了这样的别号，以后你就叫这个吧。"

"起了这么好一个别号，还不快道谢！"女人在一旁说道。

"非常感谢。"道完谢之后，我打开红色纸条看了看，上面写着"尽头子"，不明白是什么意思。我又原封不动地把红色纸条叠好，郑重地放入口袋，然后望了望女人，我注意到她已经不再重复刚刚的手势了。也许那是因为刚见面紧张所致，现在她只是茫然地坐着，我希望她能跟我聊些事情，然而她什么也不说。主人的弟弟也只是呆坐着，他只是给我起了个别号，然后就一副什么事也没发生的样子。我不知该如何是好。万一主人的弟弟问我话，我肯定回答得牛头不对马嘴，还是趁早告辞为好。但又觉得应该再观察观察，了解一下大致情况。正当我心神不定时，女人突然站起身来，又上楼去了。只留下我和主人的弟弟，我愈发觉得不自在，想聊些无关痛痒的闲话，打破这尴尬的场面。我正考虑该从何说起的时候，那个男人缓缓地站起身，不知从哪儿搬来一个大箱子。看样子像个石油箱，大小也差不多，上面贴满了练字的废纸。他打开盖子，从里面掏出脏兮兮毛茸茸的旧棉花似的东西。

"稍微搓一会儿。你也过来帮把手，尽头子！"师傅的弟弟说道。

我一边惊讶他傲慢的态度，一边回答："好。"但我并不清楚要做什么。我把手伸进箱子里，抓出一把，才发现原来不是棉花，而是艾绒①。师傅的弟弟坐在我面前，用一只手的指尖将艾绒揉碎，然后搓成一个又一个梅干大小的丸状物。

"尽头子，"他说道，"你那么做很容易弄掉的。注意一点！"

师傅的弟弟发怒了。我难以形容他的神色，总之就是一张生气的脸。我很困惑，不知该如何应对眼前的场面，正担心时，听到楼上有动静。女人在楼上做什么呢，我又开始不安起来。我漫不经心地揉着艾绒，师傅的弟弟突然站起身来，生气地走开了。天色已晚，红色的金鱼在暗淡的泉水中浮浮沉沉。屋子里的气氛诡异阴沉，不禁使人毛骨悚然。我一边一个劲儿地揉

---

① 艾绒：干艾。将艾叶干燥后放在臼中捣，取其白色纤维制成。用于艾灸。

艾绒，一边担心会发生什么事情。正想着不顾一切逃回家的时候，女人走过来了。

"我想回家了。"我说道。

"不行的。我还以为你今晚要留宿呢。"女人说着，突然向我伸出白皙的手。我不知该如何是好，女人将手放在了我的膝盖上。我甚至感觉不出那手是温暖还是冰凉。

"今晚啊，师傅又要外出了，你就中途逃走吧。你没有把我忘了吧？"女人说道。听她这么一说，我也觉得好像曾经跟她交往过，但是又想不起来。"那好吧。不过……"没等我把话说完，女人突然把放在我膝盖上的手抽了回去。

"不必担心的。"她说。

"不过，师傅还要回来的吧？"

"不，今晚大概到天亮也灸治不完，没关系的。"

"灸治是什么意思。师傅是干什么的？"我终于说出了自己的疑惑。

"师傅是一位给马灸治的医生啊。"女人平静地答道。

"给马灸治……"说到这儿，我便说不出话来了。给马灸治的话，马该会流露出什么样的神情呢。跟人眼相差无几的马眼可能会目眦尽裂吧，想想就觉得恐怖。

这时，师傅从二楼走了下来。师傅的弟弟提着皮包，跟在后面。女人起身向他俩走去。

"你去把提灯①拿来，尽头子。"师傅吩咐道。

"完全没有揉。你干吗了？"师傅的弟弟以同样的声音说道。我想是不是和女人的事被他们发觉了，吓了一跳。师傅的弟弟问完后也不说什么，径自把艾绒塞进皮包里，然后我们准备一起出门。女人将提灯点亮后递给了我。外面一片漆黑，宽阔的道路十分冷清，我在他俩前面走着。

那是一条用煤渣铺成的路。道路的一侧是连绵不尽的黑板墙，墙很高，提灯的光线照不到墙的上端。散布在道路上的煤渣碎片在提灯的照射下时而闪着光亮。师傅和师傅的弟弟一路上都没有说一句话。

沿着那条路不知走了多远，在黑板墙尽头的地方，道路拐到一个很大的房屋前。那房屋像是一座户外体

---

① 提灯：灯笼。日本携带用的灯火照明具。灯中以蜡烛为光源，将细竹片卷成螺旋状做外框，再糊上纸，可以折叠。

育场，搭着白铁皮屋顶，里面黑乎乎的，什么也看不见。

"尽头子，你拿着提灯先进去。"师傅吩咐道。我拿着提灯，正要进去的时候，突然刮来一阵大风，风吹过屋顶，顿时，屋檐下数百只发光体像溅落下来的黑色火焰似的在黑暗中一下子发出耀眼的光亮。看到这番情景，我吓得差点丢掉提灯。我刚意识到那是马的眼睛在亮，屋内又恢复之前的漆黑，辨别不出马的位置。风停了。

"在干什么呢，尽头子！"师傅说道。

我慌忙握紧提灯，吓得浑身打战，大气不敢出。我走进黑暗的屋里，借着提灯昏暗的光线看时，只见无数头大马在黑暗中拥挤在一起。师傅的弟弟大摇大摆地独自走了进去。我不知该如何是好，回头看时，又一阵风吹过屋顶。于是马群又像刚刚一样瞪大眼睛在黑暗中发出耀眼的光亮，燃烧似的照射着，使站在马群中的师傅的弟弟在黑暗中清晰可见。我看到他的脸后，便不顾一切地惊叫起来。我一把扔掉提灯，沿着陌生的道路一溜烟逃走了。我已经顾不上什么女人了。师傅的弟弟的脸变成了马脸。

乌
鸦

我每天长途跋涉，翻山渡水，持续着没有尽头的旅途。

　　某个黄昏，我沿着一条漫长的海滨街道赶路，我知道那条街道的尽头是一座港口小镇。阴郁的波浪不停地拍打着海岸。海的对面是一座野兽形状的山，野兽正将下巴伸进海峡吞饮着潮水。我已经眺望那山一整天了，可是不管我怎么行走，山的形状却一直没有变化。暮色降临，海面昏暗下来，那座山的色调也随之骤然加深，令人毛骨悚然。

　　街道一侧的山崖愈发险峻，山崖上的杂木丛中点染着不知名的红花，像抛撒出的火苗似的分散地绽开。位于山崖和大海之间的白色街道，蜿蜒向前。随着天色渐黑，白色的道路时隐时现，这让我越发感到不安。

　　天黑之后，我仍然沿着海滨街道赶路，最后终于来到了港口小镇。黑暗的街道上散落着一些店铺，从店铺里透出的光亮时而映照在行人脸上，显得极为冷清。

我走进十字路口处的一家旅馆。进去才发现，旅馆的庭园异常宽广，黑色的土地湿漉漉的。沉寂的楼房里，灯火昏暗，一位年轻的女子从里屋走出来，领我到二楼的客房。

客房高得吓人，壁龛里摆放着奇怪的装饰品，怎么也看不出形状来。打开隔扇向外看时，只见稍远处有座山，漆黑的天空中星光点点，若隐若现。我想看看是不是有云，但怎么也瞧不见云。

随后我吃了斋饭，吃完饭后，我听到有客人进了隔壁客房。然后就接连不断地传来打开包袱的声音。突然我隐约听到两三声乌鸦呻吟似的鸣叫声，随后传来了乌鸦拍动翅膀的声音和被强行按压的声音，我十分诧异，接着又不断传来解开包袱的声音。

饭后我准备去泡澡，就下了楼，穿上庭园木屐。后院里安置着脏兮兮的澡堂，我一动不动地泡在澡堂里，远处传来狗吠声。接着隐约听到海浪声，仔细听时，却什么也听不见了。

有人经过澡堂外面，手里拿着灯，灯光从虚掩着的门的间隙中照射进来。随后又有一个人经过，他们走到澡堂后面停了下来。

突然，又传来乌鸦呻吟似的鸣叫声。

"您准备怎么办？"这是旅馆的女人的声音。

"得趁它活着的时候把翅膀揪掉，否则就揪不掉了。"是男人的声音。

我在澡堂中莫名其妙地焦急起来，连续听到了两三声乌鸦被杀死时的悲鸣。

我回到房间长舒一口气，并不是什么大事，但还是觉得害怕。隔壁男人的脸庞呈现出各种各样的形状，一一浮现在我眼前。不可思议的是，那些脸都只有一只眼睛。

不久，又传来男人爬上楼梯的声音，我侧耳倾听，暗自探索外面的情况。男人进了隔壁房间，接着不断传来小物品轻轻相碰时发出的声音。

女人前来为我铺好床铺，便离开了，我久久不能入睡。我听到女人急匆匆地进进出出隔壁客房的声音。在此期间，不时传来盘盘罐罐相互碰撞的声音。尽管女人多次进出隔壁房间，但男人始终一言未发。

我钻进被窝里，却难以入眠。总也放心不下隔壁房间的情况。终于要睡着的时候，又被巨大的声响惊醒。醒来后，却发现四周一片寂静，没有一丝动静。隔壁也静悄悄的。只有远方时而传来狗吠声，狗一边叫一边跑，同样的狗吠声，却从不同的方位传来。狗像是在旅馆前汪汪叫，刚停下来，突然又从意想不到的远方隐约传来狗吠声。伴随着接连不断的狗吠声，我久久难以入睡。

人
面
牛

澄黄的月亮圆盘似的正悬于天，并不明亮。夜幕将落未落。天空中流淌着苍白的光芒，分辨不出是黄昏还是黎明。一只蜻蜓在黄色的月面中浮动飞舞。黑影从月面消失，蜻蜓也不知所踪。我站在辽阔无垠的荒原中央，身体湿透，水滴顺着尾巴啪嗒啪嗒地滴落下来。虽然小时候听说过人面牛①的故事，但从未设想过自己竟会变成人面牛。我变成人面牛身的鄙陋怪物，茫然伫立在荒无人烟的旷野中，不知该如何是好。我不知道为何自己会在这样的地方，生下我的牛到哪里去了。

　　不久，月亮变蓝，天空中的光亮消失，地平线上

---

① 人面牛：人面牛身的怪物，能预言，而且必定会成真。出自《山海经》，人面牛的故事自 19 世纪前期流行于日本。

只留下一道腰带宽度的光亮。就连那道光亮也渐渐变窄，将要消失殆尽时，无数个小黑点出现了。小黑点的数量逐渐增多，聚集在靠近地平线的一丝光线中，光亮逐渐消散，天完全变黑了。月亮放出光来。此时我才意识到将要入夜了，而刚刚天空中光线消失的方向是西边。我的身体也逐渐晾干，每阵风吹过，我都能感到背上的短毛在微微摇动。月亮逐渐变小，蓝蓝的光线流向远方。在冷清的荒原中，我想起做人时发生的各种事情，感到懊悔不已。我茫然地思量着自己的人生之路将会在哪里终结。然而，我什么也想不出来。我试着弯下前脚，准备睡会儿。可是没有长毛的下巴碰触到荒原的沙子弄得我很不舒服，只好又站起身来。我漫无目的地转悠，时而茫然伫立，就这样挨到了深夜。月亮西斜，天将放亮的时候，从西边刮来一阵大浪似的风。我嗅着风吹来的沙子的味道，想到自己即将迎来作为人面牛的第一天。突然，我想到了刚刚没有注意到的一些可怕的事情。据说人面牛的寿命只有三天时间，在此期间能用人类的语言预言未来的吉凶。反正生成这种模样，活得久了也是痛苦，三天后死去也无所谓。只是让我预言，这可真难办。首先我不知道该预言什么，不过幸好待在这荒野里周围也没有人。干脆什么也不预言，就这么死掉算了。我正这么想着，突然吹来一阵西风。远处传来嘈杂的喧嚣声，我大吃一惊，朝那边望去，这时又一阵风吹过，只听见有人喊："在那里！在那里！"声音听起来有点耳熟。

突然，我意识到原来昨天傍晚出现在地平线上的小黑点是人群，他们为了听我的预言连夜穿过荒野赶到了这里。这下可麻烦了。只能趁着还没被捉住逃掉，于是我拼命地往东边跑去。借着从东边泛白的天空中透射出的光线，我清晰地看到黑压压的人群像移动的云影一样正向我靠近。风转变成东风，嘈杂的喧嚣声随风传入我的耳中。"在那里！在那里！"依然是熟悉的声音，我听得清清楚楚。我慌忙改变方向，朝北边逃去。这时又吹来一阵北风，密集的人群一边叫着"在那里！在那里！"一边乘着风向我奔来。我又改成向南边逃，可是南风吹起，熙熙攘攘的人群向我逼近，我已经无路可逃了。这些人全都是为了从我口中听到一句预言而穷追不舍的。万一他们知道了我虽是人面牛，却不会预言的话，一定会大发雷霆吧。三天就死掉倒无所谓，但是被他们羞辱我可受不了。我一心想逃走，急得直跺脚。黄色的月亮悬挂在西边的天空，朦朦胧胧得像肿胀了一样一如昨夜之景。我望着月亮，手足无措。

天亮了。

在广阔的原野上，人们将我团团围住。声势浩大的人群，有成千上万人。其中的几十个人来到我面前，忙活起来。他们挑来木材，在我周围建起了大栅栏，又在栅栏后竖起脚手架，搭起了看台。时间飞逝，很快到了中午。我只能眼睁睁地看着人们干活，束手无策。他们摆出如此架势，大概是准备在接下来的三天里，耐心等待我的预言吧。可是我根本就没有什么要预言的，大家这样围着使我很为难。我想趁现在逃走，却发现没有空隙。人们一个一个地走上刚刚搭起的看台，很快看台上就挤满了黑压压的人群。挤不上去的人就站在看台下面，或者蹲在栅栏旁边。过了一会儿，一位白衣男子从西边的看台下面走了过来。他双手捧着盆一样的容器，静静地来到我面前。四周鸦雀无声，那位男子煞有介事地走到我身旁站住，把盆放到地上，转身便离开了。盆里盛满了清澈的水，大概是给我喝的吧。于是我走过去，一饮而尽。

四下突然骚动起来。我听到有人说"瞧，喝了喝了！"

"果然喝了。有希望了！"又有人说道。

我吃惊地环顾了四周，人们大概觉得我喝了水就要预言了。但是我并没有任何要预言的，就背过身去，原地踱步。这时已经快到傍晚了，真希望夜晚早点到来。

"哎哟，背过身去了！"有人吃惊地说道。

"也许改天才预言吧。"

"看样子是要预言相当重要的事情吧。"

人们众说纷纭，而那些声音我都觉得很耳熟。于是我环视了周围，察觉到蹲在栅栏下面拼命望着我的男人我曾见过。刚开始还不太确定，看着看着我慢慢记起来了。又看了看周围，发现我的朋友、亲戚、以前教过我的老师，还有我教过的学生们在栅栏周围排成一排。看到他们正你推我挤地拼命盯着我看，我很不高兴。

"哎呀，"有人说道，"这头人面牛怎么看起来有点儿面熟呢。"

"是吗，识别不出来呢！"有人答道。

"唉，看着面熟，但就是想不起来像谁。"

听他们这么一说，我惊慌失措起来。万一我变成怪物的事情被朋友们发现了，那多难为情啊。我想最好不要让他们看到我的脸，就把脸背对着人群中声音传来的方向。

不知不觉天黑下来了。黄色的月亮慵懒地悬挂在天空，天色越来越暗，连近处的看台和栅栏也变得模糊起来，夜幕降临了。

入夜之后，人们在栅栏周围点起了篝火，火焰彻夜烧红月空。人们连觉也不睡，只为等待我的预言。篝火的浓烟飘过月面，越烧越黑。月光消散了光芒，晨风吹起，天亮了。夜里又有数千人穿过荒原赶到这里。栅栏周围比昨天更加喧嚣。人群中不断有人走来走去，氛围远不如昨天平静，我也变得焦虑起来。

不久，又是那位白衣男子捧着盆向我走了过来，盆中依旧盛满了清水。白衣男子毕恭毕敬地向我献上水之后便走开了。我并不想喝水，而且喝了水就得预言，于是我干脆不去理睬那盆水。

"它不喝。"有人说道。

"闭嘴。这种时候多嘴可就坏事了！"另一个人说道。

"这一准是要预言大事了。这么花时间肯定是相当重要的事情。"又有人说道。

过了一会儿，四周又变得嘈杂，人们不停地走来走去。白衣男子一次又一次地为我献水。每次献水时，四周都鸦雀无声，然而看我并不喝盆里的水，人群就开始骚动起来。然后便更加频繁地献水，水越来越靠近我，几乎触到我的鼻尖。我感到厌烦而且生气。这时，又有一名男子捧着盆走了过来，他在我身旁站住，目不转睛地盯着我的脸看了一会儿，然后大摇大摆地走上前，硬是把盆塞到我面前。我觉得这名男子很面熟，虽然想不起来是谁，但是看着他的脸，我就莫名地恼火。

男子看我并不打算喝盆里的水，气急败坏地咂嘴。

"不喝吗？"那男子问道。

"我不想喝！"我生气地说。

人群中一下子炸开了锅。我吃惊地环视四周，发现原本站在看台上的人都跳下看台，原本站在栅栏周围的人也都越过栅栏，他们互相大声谩骂着，都向我聚拢过来。

"开口说话了。"

"总算开口说话了。"

"它说什么来着？"

"这才刚开始，等着瞧吧！"只听见各种混杂的声音。

注意看时，又见黄色的月亮悬挂在空中，四周渐渐昏暗下来。就要迎来第二晚了，然而我什么也预言不了，也没觉得自己会死。预言的话才会死，不预言可能就不会死吧。那还是不要死比较好，我突然珍惜起自己的生命来了。此时，人群中跑得快的人已经来到我身边，后来的人挤着先到的人，又被更后面的人推着向前涌来，人们一边骚动，一边互相制止道"安静点儿，安静点儿"。如果就这样被捉住，必定会引起群众失望和愤怒，那样的话我就悲惨了。我想逃走，但是被人墙团团围着，根本就没有逃脱的缝隙。人群越来越嘈杂，不时传来尖叫声。人墙渐渐向我逼近，我吓得脚下发软，不顾一切地喝掉了面前的一盆水。周围一下子安静下来，鸦雀无声。连我自己也吃了一惊，但已无可挽回。人们仿佛准备侧耳倾听我的预言，看到这番情景，我愈发害怕，出了一身冷汗。见我沉默不语，人群又开始骚动起来。

"怎么回事，奇怪了。"

"这才刚开始，一定会预言耸人听闻的事情。"

人们这么说着，但是并没有变得特别嘈杂。我注意到群众中不安的氛围，反而稍微沉着了一些。我环视堵成人墙的人们的脸庞，站在最前排的，全都是我熟悉的脸，那些脸上写满了忧虑和恐惧。看着看着，自己的恐惧反而减轻了，我慢慢沉着下来。突然感觉喉咙干渴，我又将面前的另一盆水一饮而尽。然后周围又变得鸦雀无声，这次没有人说话，人群中不安的气氛更浓了，人们屏息凝神。过了一会儿，突然有人开口说道：

"啊，真可怕。"声音很低，但是响彻四方。

我回过神来，发现不知何时，人墙渐渐离我远去，群众仿佛正向后撤退。

"我开始害怕听到预言了。以现在这种情况，真不晓得人面牛会预言什么可怕的事情。"有人说道。

"不管好坏，预言还是不听为好。趁它还没预言，赶快把这人面牛给杀了吧。"

听到这里，我大吃一惊。我担心真被杀掉，而且听声音，提议的人正是我的亲生儿子。之前那些声音也听着耳熟，但是想不起来是谁了，唯独这个声音我能断定。为了看一眼人群中我的儿子，我不由得踮脚站起身来。

"瞧，人面牛抬起前腿了。"

"它要预言了！"有人惊慌地说道。刚刚还围得水泄不通的人群一下子散开了，人们一股脑儿地四散而逃。他们越过栅栏，穿过看台，拼命地逃向东西南北各个方向。人群散尽之后，夜幕降临了，黄色的月亮再次慵懒地照射着荒原，我松了口气，舒展舒展前腿，接连打了三四个哈欠，感觉自己似乎不会死了。

回声

一位背着小孩的女人沿着大池塘边走边哭。她背上的小孩也不时地哭出声来。我跟在他们身后走。夜幕降临，辽阔的田园暗淡下来，只有池塘上方尚存些许亮光。影子不断掠过泛白的水面。抬头看时，只见天空中乌云疾驰。我突然非常想念自己的家人，我的孩子还在家里等我，我得赶紧回家。然而，虽然心里这么想着，我却迟迟未能转身折回，依然寸步不离地跟着女人和小孩。

　　小路渐渐变得昏暗起来。在池水的反射下，背着小孩的女人的身影宛若模糊的影子般走动着。小孩不哭也不闹，女人的抽泣声清晰地传入我的耳中。为了回想起这熟悉的抽泣声，我一直紧跟在他们身后。我以为自己马上就能记起来了，却怎么也回想不起来。小孩没哭，大概是在女人背上睡着了吧。这样想着，我竟莫名地放下心来。

小路渐渐偏离池塘，延伸至拐角处。路旁立着一尊石制的地藏菩萨像，像前供放着一盏小小的明灯。摇曳着红色的火焰，仿佛浮于水上。我望着火焰，总觉得这是盏刚被点亮的明灯。

女人由地藏菩萨像处，沿着渐离池塘的小路走去。四周愈来愈黑，女人的身影也变得难以辨识，只是那抽泣声还始终若一，清晰地传入我的耳里。起风了，乌鸦在漆黑的天空中啼鸣。女人背上的小孩突然哭了起来，像是个小男孩，然而哭声细弱，无精打采。也许是肚子饿了，想吃奶吧。我独自在心中念道："宝宝乖，宝宝乖。"

女人沿着黑暗的小路走个不停。再这样走下去我就回不了家了。我几度想要转身折回，刚巧那时，我又感觉自己马上就能回想起那熟悉的抽泣声了，于是终究未能掉头离开。途中路过一处，道路一侧并排伫立着两三间房屋，房门紧闭。屋内漆黑一片，从门缝里也透不出一丝光线来。从前面经过时，我听到自己的脚步有轻轻的回声。我忽然记起来自己曾经走过这条路，我还记得那时我每走一步，紧跟着身后便会传来自己的脚步声。

"不，那是我的脚步声。"同行的女人说道。我刚意识到原来现在走着的正是之前走过的路，突然听到女人开口讲话，于是大吃一惊。

沿着小路蜿蜒向前，我们来到了河堤上。先下到河滩似的地方，之后来到一座奇妙的桥前。桥面很窄，栏杆几乎摩擦双臂。一踏上去，桥板就摇晃不止，极为恐怖。女人一边抽泣一边过了桥。女人踏过的桥板在我脚下晃动不停，我愈发感觉害怕。踩着摇摇晃晃的桥板，我忽然想起这座桥也不是头一次走了。眼看就能回想起女人的抽泣声了，与此同时，我又害怕回想起来。

站在桥上，我又一次想念自己的家人，孩子还在家里等我回去。一阵风过，桥下沙沙作响。我想这大概是一座架在高高的草原上的桥。风停后，女人背上的小孩哭了起来，哭声似乎比之前更加微弱无力。随着女人的脚步声渐渐远去，我脚下的桥板也越摇越缓慢。而我却只觉得寂寞难耐，于是我不顾一切地追随女人而去。

四下里愈来愈黑暗。天空中没有一丝光亮。走过桥后，小路和田园的界限模糊不清。顺着女人的抽泣声，我在一片漆黑中前行，大地与天空的黑暗逐步向我逼近。风停草歇，万籁无声。只有背着小孩的女人的抽泣声一直在前面引领着我赶路。终于，我将自己的家人抛之脑后，在恐怖的黑暗中拼命地探索往事。

漂流木 ①

路过一处荒芜的武士宅邸似的建筑时，我在路上捡到一只钱包。当时周围没有一个人，我悄悄打开看了一下，里面装着一张十日元②纸币。我立刻想到要交给警察，就朝着警察署的方向走去。

　　途中我开始担心起来，如果在去往警察署的路上，被巡警逮捕怎么办？即使说我正要去警察署，对方也不一定相信。我只是这么走着，并不能作为去往警察署途中的证据。万一当我是小偷，把我抓起来怎么办？不捡钱包就好了，我开始后悔起来。

　　我掏出刚刚塞进怀里的钱包，拿在手上赶路。揣

---

① 漂流木：漂流在河海上的木材。
② 日元：日本的货币单位。货币单位"钱"的100倍。明治四年（1871年）制定。

在怀里的话，更加可疑。

迎面走来一名男子，头戴鸭舌帽，腰系兵儿带[①]，两手揣在怀里。一定是侦探，我惊慌失色，但是又不能逃跑，便依旧朝前走去。

我边走边想，如果是侦探的话，现在就把事情讲清楚比较好。可是我并不确定他是不是侦探。如果他不是侦探的话，我主动坦白就危险了。万一是个坏人，说不定会谋财害命。算了，沉默是金。

擦肩而过时，男子看了我一眼，吓得我出了一身冷汗，差点站住。然而我没有吭声，男子也继续赶路了。也许是欲擒故纵，回头再来拘捕我吧。我想趁此期间赶快交给警察，便拼命地赶路。

巡警正在田地的那头训练，四五十人排成一列，步调一致地行进。看起来像是正朝这边走来，我感觉不妙，赶紧岔开路线。

我沿着崎岖的小路走着，离警察署还有很远。我

---

① 兵儿带：男人或小孩系用的腰带，多用整幅纯白纺绸、绉绸、毛织品等染成白色花纹做成。源自日本萨摩青年男子所用的白色棉布带，明治以后得到普及。

已经走累了，又开始后悔不捡钱包就好了，省得受牵连。或者把它扔回原来的地方也好。

有人从后面叫住我，我吓了一跳。一位身穿西装的男子正盯着我的手头看。

"你捡到钱了呀。很多钱吗？"他问道。

"我正准备交给警察。"我鼓起勇气说道。

"真无聊。——不过很多钱吗？"男子又问。我不知道这名男子是什么人。但是被问到了又不好隐瞒，就回答说十日元。

"什么，就这点钱啊。别管它了！"男子说道。

我也想扔了算了。

"放回捡到钱包的地方就行了。"男子又说道。

这时，我意识到，男子这么说是想让我把钱扔掉，然后他自己再去捡。想到这里我突然珍惜起捡来的钱了，我用力握紧钱包。这钱是我的，不必交给警察。

男子以锐利的目光瞪着我的脸，我更加珍惜钱包了。我一声不吭地朝着警察署的方向快步走了起来，心想中途岔开道路就行了。那位男子也跟在我身后快步走了起来。渐渐地，我感觉像是被他追赶着似的，干脆跑了起来。男子也开始跑着追我，边追边大声喊道"小偷小偷"，我只是拼命地逃跑。我不顾一切地跑着，回头看时，男子已经不见踪影了。也许他正藏在哪里暗中观察我吧。我想躲起来，可是环视四周，却发现根本没有可以躲藏的地方。只有一座堤坝，堤坝的一侧是由狭窄的河流形成的深渊。我跑上堤坝，边跑边悄悄打开钱包看了看，十日元纸币还安安稳稳地在里面放着。我又走了很久，脚下不断打滑，低头看时，只见堤坝是由小石子堆积而成的，我每走一步，堤坝都坍塌成小石子哗啦哗啦地坠入河中。即使站着不动，脚下依然哗哗塌陷，无法稳住脚。我想折回来时的路，又担心往回走的话会遇到刚刚那名男子。自己走过的路，却害怕得不敢再走第二次了。我正想着该怎么办时，已渐渐滑入河里了。我慌忙向后退了两三步，却比之前滑得更厉害了。我一边滑一边拼命地挣扎。过了一会儿，我突然站稳了。我踩到了一块漂流木，于是一动不动地踩着它，泪流满面。我变成小偷了。想到家里还有老婆和孩子，我便失声痛哭，边哭边悄悄打开钱包看了看。

蜥
蜴

我带着女人去看杂耍。那是一条极为宽阔的街道，连小巷也没有。我们走了相当久，可不管怎么走都不见拐弯。道路的正中央散布着一些小石头，石头丛中生长着小草，蜥蜴在嬉戏玩耍。时不时地，有路人经过，擦肩而过时，望一望我和女人的脸。刚开始我并不在意，后来渐渐感觉不安，真想赶快岔开这条街道。火辣辣的太阳晒着地面，走了许久也不见小巷，只能沿着同一条街道走。我一边走，一边不时地握一握女人的手。女人的手很光滑，乍一碰很凉，握着的时候能感觉到内在的温度，握得时间久了，渐渐热起来，我便松开女人的手。女人默不作声地任由我握了又松，松了又握。

　　走着走着，原本安静的街道不知为何变得吵闹起来。街上的人也渐渐增多，伴随着狗吠声和鼓声，杂耍的广告也近在眼前了。巨大的幡旗上画着一头熊正在撕咬牛的侧腹，被熊咬住的地方鲜血直流，染红了幡旗。我看到这画面，便不想再看杂耍了，正想跟女人说"不看了，回家吧"的时候，跟我手拉手的女人突然使劲握住我的手说道：

"哇，看起来好有意思，快去看吧！"我大吃一惊，原本想说的话也就没有说出口。

对面的天空中乌云密布，乌云的颜色有深有浅，雷声四起。刚刚还太阳暴晒的街道一下子昏暗下来。风吹过脚下，小石头丛中缠绕在一起的草的叶子自动散开，摇晃不停。我后悔选了这样的天气带女人出来，但事到如今也不能回头。我感觉女人的手渐渐温热起来，这也让我莫名地恐慌。

总算来到了杂耍棚屋前。红色的幡旗挂在流着汁液的粗壮青竹上，一连数面，排成一列。每阵风过，数面幡旗一同迎风飘展，哗啦哗啦地发出巨大的声响。红色的幡旗在乌云的映射下呈现出阴暗的褶皱，连幡旗下的看门人也露出阴郁的表情。看门人时不时地大声呼唤着什么，像是在召唤客人，但是棚屋前除了我和女人之外，别无他人。看到这番情景，我更加不愿意进到里面了。

在女人的催促下，我付了门票钱，看门人敲打着大木牌，大声嚷道："一张、两张。"一位披着号衣的青坊主从屋里走了出来，将我和女人带到昏暗的里屋。正要进屋时，又听到呼隆呼隆的雷声，雷声似乎很近。

小屋里宽敞得惊人，观众像石榴籽一样密密麻麻地坐着。尽管如此，四下却鸦雀无声，大家都一动不动地安坐着。我还在懊悔不该将女人带进这种地方，引路的青坊主却匆匆地将我们领到了里面。舞台在入口的旁边，对面是看台。看台第一排可以轻松跨上，越往后越高，我和女人坐的位置距离地面有几丈之高。

我和女人并排坐下，眺望着舞台。舞台上什么也没有，后台暗得什么也看不清楚。过了一会儿，一名赤身裸体的男子举着火把，经过黑暗的后台，然后便不知去向了。我模糊地看到后台的黑暗处并排放着几个大笼子，里面大概关着熊吧，想到这里我很害怕。

"给我弄点吃的嘛。"女人对我说道。我正担心关着熊的大笼子，没心思找吃的。即便如此，女人这么说还是让我感觉她很可爱。看台上到处都铺着草席，草席上摆放着一个个棉坐垫，人就坐在坐垫上。草席的稻草扎痛了露在坐垫外的脚尖，女人应该更疼吧。不管怎样，有卖吃的过来的话，我打算给她买一些。

突然，不知从哪儿传来一阵隆隆的响声。乍一听还以为是雷鸣。过了不久，又响起同样的声音。这次我听出是从后台发出来的，想必是熊的咆哮声吧。仿佛山体崩落，石块掉进洞穴底部的声音。那声音停止后，女人愉快地感叹道："哎呀！"

又等了很长时间，终于来了四五个大汉，在舞台上忙来忙去。我一边担心会有意外发生，一边注意地看着。大汉们刚从舞台上消失了身影，很快便从黑暗的后台推出来一只大笼子。笼子里蹲着一头罕见的大黑熊，熊将头扭向一侧。一直很安静的观众突然啪啪地鼓起掌来，然而熊却佯装不知，并不看向观众。那情景看起来非常恐怖。"我们回去吧。"我对女人说道，并准备起身。

"可是连一场还没看呢！"女人说着，拉住了我的衣袖。我又坐了下来，再望向舞台时，只见熊不知何时已经四脚站立，低着头，正从格子缝里窥伺观众席。

没过多久，两名裸身大汉从后台牵出来一头大黑牛。牛来到舞台上，看到笼中的熊，不禁发出恐怖的吼声。牛试图靠近熊的笼子，两名裸身大汉拼命地将牛向后拉。熊看到牛后，俯卧下来，压低身躯，一声不响地瞪着牛。那样子，比怒吼的牛更可怕。

不久，不知从何处又走上来两三名裸身大汉，试图打开关着熊的笼子。这个时候把熊放出来岂不是很危险，想到这里我不禁准备起身逃走。然而，仔细看时，只见熊脖子上戴着铁圈，铁圈上挂着两把锁。两名大汉分别从左右两侧抓住锁并摆好架势，使熊无法向任何一侧靠近。然后，外面的一名大汉打开了笼门。熊老老实实地被锁牵引着，慢吞吞地走出了笼子。

"终于出笼了啊，真的要往死里弄吗？"女人迫不及待似地说道。

熊在宽广的舞台上四脚站立，那姿态使人不禁毛骨悚然。观众们竟依旧安坐着，这使我觉得不可思议。我怎么会到这种地方来呢，想着想着，我渐渐觉得自己带来的女人很可怕。

牛又开始大声吼叫。这时，老老实实待在两名大汉中间的熊突然竖起前肢，摆出即将站起来的架势。左右两侧的大汉按着锁，试图制止熊。熊开始向后倾倒，并激烈地摇动着脖子。两侧的大汉显得十分惊慌，舞台上的形势似乎变得险恶起来，五六名大汉围在了熊的周围。

"看上去相当有力气嘛！"女人说道，我很诧异。女人露出一副好玩得不得了的神情，这让我感觉既可憎，同时又很不解。

熊更加激烈地摇动脖子，周围的大汉们也渐渐狼狈起来，大声谩骂着。混杂着"不行、不行"的叫喊声传了出来。这时，牛又发出可怕的吼声。

"我们回去吧。"我说着，抓住女人的手。女人的手滚烫得像火团似的。

"为什么呀？"女人说完，莞尔一笑。

牛又开始吼叫，吼声比之前更加怪异，粗声粗气的，牛用异样的声音接连吼了两三声。突然，女人滚烫的手抓得我很疼。

"哎哎，你为什么想回去啊？"女人的话很不符合眼前的场面。我诧异地望着女人，她露出醉人的笑脸凝望着我。我感觉恐怖，不禁环视了一下四周，不知何时观众已经走光了。坐垫凌乱地堆积在宽敞的看台上，一片狼藉。我已经坐不住了，想甩开女人逃走，正想挣脱女人紧握的手时，舞台上传来了人的惨叫声。其中一名裸身大汉被熊咬住了侧腹，鲜血直流，倒在了血泊里。舞台上已经没有人了，熊扔开死尸，后肢站立，正准备扑向牛。现在再不逃就没命了。我挣开女人，拼命地跑下看台。然而，无意中瞥向对面的舞台时，只见熊正扑向牛，用前肢缠绕住牛的脖子，那情景极其恐怖，我背过脸去，转向身后时，却见女人正向我扑来，两条胳膊紧紧缠住我的脖子。我痛苦地扭动身体，心想舞台上的熊会不会扑来，我试图甩开女人，可是女人的两条胳膊更加用力地缠住我的脖子，不放开我。因为害怕和痛苦，我不顾一切地挣扎了许久，渐渐体力不支，精疲力竭，直冒冷汗。这时，女人将嘴靠近我耳边说道：

"你还不知道事情的真相吧？"

我毫无兴趣，沉默不语，只想知道这个女人到底是谁，然而却想不出答案来。

"我这就告诉你哦。"女人温柔地说道，然后毫不费力地将我抱了起来走下看台，朝舞台的方向走去。我吃惊地发出惨叫声，挥舞着手脚，拼命挣扎。我感觉女人正一步步走近舞台上的熊，我吓得浑身发抖，以至于连声音也发不出来了。只有抱着我的女人的脸不停地在我眼前晃动，其他的事情我都浑然不知。

旅
伴

我越过黑暗的山岭，寒风凛冽，枯叶在我头顶沙沙作响。远处传来流水直泻的声响，但却分辨不出地点和方位。另一座山岭的山麓处，三三两两的灯火随风摇曳，闪烁不定。仔细看时，又发现不远处，星星点点的灯火依稀可见。然而，那些灯火都不是为我而点亮，它们发出冷淡的光芒，我感觉脊背时而温热时而发凉。

　　我毫不懈怠地赶路，一位旅伴在我身旁走着。我自己也不晓得从何时起与这名男子结成旅伴的，他一直跟着我，时不时地呼唤一下我的名字"阿荣"，随后便沉默不语。我反问他话，他也不回答。伴随着冷清的脚步声，我们并肩走着。对这位旅伴，我若思非思，既想非想，只是旁若无人地赶路。翻越山岭的时候，我清醒地记得当时只有我一个人。

我与旅伴并排走在堤坝似的漫漫长路上，原以为是堤坝，但周围并没有河流。从黑暗中望去，只见风掠过道路两侧低洼地里的稻田抑或是旷野。尽管如此，不知何处不断传来水声，听起来像是在强行搅动深渊中沉寂着的水。那声音时而被旅伴的脚步声覆盖，我便感觉像是松了口气。然而，没过多久，水声就又重新回荡在我耳边。

　　天空中繁星点点，大大小小的星星不规则地嵌在空中。没有星光的地方也微微泛着白光，明亮的星空笼罩着整个大地。尽管如此，大地依然一片漆黑，看不清脚下的路。在这个罕见的夜晚，我渐渐感到寒冷。

　　走在一条不知通向何处的道路上，跟一位可怕的男子结为旅伴，这使我恐惧不已。突然，旅伴又以极其低沉的声音唤道："阿荣"。吓得我毛骨悚然，出了一身冷汗。

　　"阿荣，有我送你不是挺好嘛。"旅伴说道。

　　我听得云里雾里，也害怕跟他讲话，就默不作声地继续走路。我走在路中间，并没有走在路边，然而脚却不断地踩到路上的枯草。我边走边听枯草在我脚下折断的声音。这大概是一条无人问津的路吧。又走了一会儿。

"阿荣。"旅伴说道。

"怎么了？"我反问道，旅伴没有回应。"对面亮着灯呢。"我继续说道。

"嗯。"旅伴以同样低沉的声音答道。

"那是别人家的灯。阿荣，我是你哥哥。"旅伴说道。

"我是独生子。怎么会有哥哥呢？"我吃惊地说道，感觉很可怕。

"阿荣，虽然没有被生下来，但我确实是你哥哥。你可以认为自己是独生子，但我会一直想着你的。"

旅伴一边说，一边依旧匆匆忙忙地赶路。我从未考虑过没有被生下来的哥哥，也丝毫不在意这件事。我完全无法理解这一切，只是感到莫名的恐怖，吓得说不出话来。我默默地跟旅伴一起赶路，不知何时已经听惯了蝈蝈尖锐的鸣叫声。我试图回想起蝈蝈何时开始鸣叫的，但是却想不起来。然而，草木枯黄，蝈蝈犹存，这也让我略感不解。

不久，我感觉自己步履轻盈，黑暗中景色也变得开阔起来。天空中云雾缭绕，飘浮不定。云彩吞吸着星辰，对面山麓处闪烁的灯火，也消失了踪影，一切都隐入夜色，我也渐渐恐惧不已。我漫无目的地走着，仅依靠旅伴的脚步声来辨别道路的方向。

流水直泻的声音再次传入我的耳中，我开始怀疑自己是否在围绕同一个地方转圈圈。

"阿荣，我是你哥哥。我因有事相求才跟随你的。"旅伴说道。

我吓得大气都不敢出。旅伴并没有往下说，只是扬起冷风，匆匆忙忙地赶路。头顶的星空黯淡下来了。道路延伸至山麓，干枯的野草沙沙作响。走着走着，来到一条长缓坡路上，风变得更强了，时而可以嗅到山土的气息。

走了一会儿，旅伴又唤道，"阿荣"，音调变得像是在哭泣。

"阿荣，答应我的请求吧。我就是为了听到你的允诺，才一直这么跟随着你的啊。"

我吓得不敢吱声。

"阿荣，不要害怕。我的要求很简单，只是想听你叫我一声哥哥。"

我很诧异，同时也很气愤。"你不要太过分！"我声音嘶哑地说道。

"阿荣，你怎么可以说出如此薄情寡义的话呢。你有父母和祖母宠爱，多令人羡慕啊。而我只能独身一人，父母从未考虑过我的存在。我很孤独，所以才跟随着你的。叫我一声哥哥吧。"

　　我愈发觉得害怕，同时也感到莫名的悲伤。我默不作声地边走边思量，但却压根儿不想叫他哥哥。旅伴也不再作声，只是疾步跟随着我。山岭已经登上了一大半，道路的一侧是漆黑的悬崖，崖底的水中映照着灯光，闪烁不停。我望着那灯光，不禁热泪盈眶。

　　"阿荣，我想听听父亲的声音。父亲的声音跟你很像吧？"

　　"我自己是听不出来像不像的吧。"说完，我竟发现自己的声音跟旅伴的声音一模一样，我吓得出了一身冷汗。

　　"啊，果然是同样的声音。真的很像、很像。"旅伴说道，像是在哭泣。

　　我很害怕，又很悲伤。

　　"阿荣，不管怎样，叫我一声哥哥吧。"

　　"嗯。"我说道。我想满怀悲伤地叫没被生下来的哥哥一声"哥哥"。

"你要叫我哥哥了吗，你无法想象我有多高兴。快叫哥哥吧！"旅伴说道。听着旅伴的声音，渐渐地我分辨不出他的声音和自己的声音了。我的眼泪夺眶而出。

"哥哥！"我刚想叫出声来，声音却堵在喉咙里，什么话也说不出来。

"快，快！"旅伴惊慌失措地说道。

我更加悲伤起来，忘记了自己生来从未叫过人哥哥。不知从何处传来夜鸟的啼声，听起来像是门在嘎吱嘎吱作响。我边听边走，旅伴依然扬着冷风，匆匆赶路。不久，旅伴"啊"地发出一声悲叹。

"我们就此别过吧。阿荣，我想念你许久，好不容易见了面，你却没有答应我的请求。"

听旅伴这么一说，恍惚间我觉得自己也曾讲过同样的话。就连刚刚那流水直泻的声音，也感觉仿佛听过似的。

"这一别也不知何时还能再相见。"旅伴哭着说道。

"啊！"我不由得叫出声来，然而喉咙堵得难受。

听到旅伴用我的声音讲出我曾经讲过的话，痛苦而难忘的过往竟变得令人怀念，我不由得一边叫着"哥哥"，一边试图偎依旅伴。可是，刚刚还跟我并肩而行的旅伴，突然消失得无影无踪。与此同时，我忽然感觉自己身体一沉，一步也挪动不了。

线叶藻①

大约是在暮春，一个非常暖和的午后，天空中布满了淡淡的灰云，呈现出深浅不匀的点点斑驳。夕阳的光芒渗透云层，红光洒落在坡道、屋顶和树木繁茂的市内。红光时淡时浓，变幻莫测。风沿着坡道向下吹来，我顶着风向上走去。

　　突然，一位老太婆从坡道半途的一条小巷中走了出来。为了避开风沙，我微侧着脸行走，老太婆像是一截由于干旱而枯槁的桩子似的出现在我面前，遮挡住了我前行的道路。红光也洒落在老太婆的脸上。老太婆身后跟着一位年轻女孩，系着红色腰带，一只手抱着包袱，低头跟在老太婆身后。老太婆撇着嘴，看

---

① 线叶藻：尖叶眼子菜的别名，眼子菜科、眼子菜属植物。沉水草本，无根茎，叶线形。生于池塘、溪沟及江河中，花果期 6~10 月。

上去似乎只有一片嘴唇，严苛地催促着女孩。我无意中望向老太婆的脸时，发现老太婆也正望着我。我慌忙试图转移视线，却发现老太婆的眼睛里打着旋涡，直射我的眼底。我惊慌失措，低头往下看，不敢抬头。从老太婆衣服的下摆露出两条枯瘦的腿，僵硬地撑在地面上。老太婆摆动着木棒似的腿前行，然而腿却像是要趁老太婆不注意僵直在地面上。老太婆正要下坡，黄色的风从背后裹着她。老太婆像风中的沙粒一样，乘风而去。女孩与老太婆渐渐拉开了距离。机会来了，我心想。

　　我跟在女孩身后，加快了步伐。很快，老太婆与女孩之间的距离，与我跟女孩之间的距离变得差不多了。我继续靠近女孩，眼看我的手就能碰到女孩的衣袖了。突然，女孩转过身来，以一种快要哭出来的表情望着我。我明白现在还不到时候，就缩回了手，老老实实地悄悄跟在女孩身后。

　　乘着风沿着蜿蜒的道路走着走着，不知不觉出了市区，来到一片奇妙的原野上。成群的斑鸠飞落在远处的一株矮松上，其中很大的一只高声鸣叫着。天空有些阴沉，但是比平时更加明亮的光线流淌过整个原野，远处也看得十分清晰。矮松尤为鲜明地浮现在眼前。老太婆和女孩朝着矮松的方向走去，我不明白老太婆试图穿过原野的用意何在，隐约感觉有些蹊跷。

然而，我依然毫不松懈地跟着她们。四周寸草不生，空旷无人，只有老太婆和女孩朝着矮松的方向走去。我想尽快将女孩从老太婆身边拉开，然而，老太婆时不时地回头看看女孩，女孩也温顺地跟随着老太婆，并不跟老太婆拉开太远距离。我突然意识到女孩打算甩掉的人或许是我吧。

我加快脚步，又一次追上了女孩，然后扯了一下女孩的衣袖。女孩又以一种快要哭出来的表情拒绝了我，然后快步追随老太婆。于是，我萌生了要在这片原野上杀掉老太婆的念头。

我边走边伺机杀死老太婆。天色渐暗，我一边感叹"天助我也"，一边渐渐逼近老太婆，并杀掉了她。老太婆手脚折断，当场死亡。我走到女孩身旁，握住了她的手，女孩的手柔嫩温热。仅是握着手就能感觉到女孩血液的流动，令我的手变得沉重而温暖。女孩终于向我贴近，我们一同走了起来。我们在辽阔的原野上不知走了多久，直到走出原野，来到一处奇妙的河岸，黑色的沙滩连绵不绝，一望无垠。沙滩上到处附着着奇怪的草，像老人的头发似的。对岸是一个很大的池塘，池塘的上空略显昏暗，令人伤感。尽管如此，依旧有光亮从池底投射出来，映照得池面亮晃晃的。我握着女孩的手，望着池面。我不知道要在这样的地方等待什么。四下空无一人，我感觉像是孑然一身，孤独难耐。

　　"走吧。"我说道，声音有些颤抖。我拉着女孩的手，沿着河岸继续走了起来。只有自己的声音回响在耳畔，让我真想放声大哭。不久，我感到被我握着的女孩的手渐渐发凉，我不禁毛骨悚然。尽管同步走着，女孩却踉踉跄跄，蹒跚而行。我愈发感到不安，池塘的上空渐渐暗了下来，周围已经变得模糊。突然，女孩用嘶哑的哭泣声唱起了"身在此处，心却在信浓善光寺"①。那么可爱的一个女孩，声音却老气十足。我不禁倒吸一口凉气。我们继续向前走去，长长的线

---

① 善光寺御咏歌第三番。御咏歌，是指赞佛朝山拜庙歌，在和歌或七五调日译偈文里配上节拍而成。原歌词为："身はここに　心はしなのの善光寺　みちびきたまへ　弥陀の浄土へ。"

叶藻被冲上河滩，缠绕在我们脚下。河滩上，许多株线叶藻纠缠在一起，曲折蜿蜒。线叶藻的基部隐藏在水里，河滩上的部分已经枯萎。我突然想到，就这样将女孩留在自己身旁，却未曾确认她是否真的愿意做自己的女人。正在这时，女孩突然发出了什么声音，像是咳嗽了一声，又像是笑了一下。我吓得出了一身冷汗，感觉女孩的内心很可怕。但是，我没有多想，只是用力握紧了女孩的手，冰冷的手一下子就折断了。我大吃一惊，望向女孩，这才发现哪有什么女孩，是我刚刚在原野中杀死的老太婆。

短
夜

为了目睹狐狸变美女的过程，我走出了家门。夜黑风高，我走过街区，拐进一条狭窄的小巷，然后穿过巷子，登上了位于街区后方的一座河堤。我沿着河堤朝上游方向走去，河堤的下面是一片草原，到处都是水洼。我走着走着，时不时地看到水洼在草根处泛着白光。后面紧连着一大片竹丛，大川就在竹丛后面流淌，但是从这边的河堤上却看不见。发洪水时，河水泛滥至河堤处，汪洋一片，因此处处架着桥。我来到一座桥旁，犹豫着要不要过桥。过了桥就到竹丛了，我知道狐狸就在竹丛里，但又想再往前走一走比较好吧，就继续在河堤上走了起来。突然我听到有什么动静，回头看时，只见五六十只超大萤火虫排成一列，正从刚刚我想走而没有走的桥上，朝对面的竹丛中飘去。我正惊讶时，萤火虫一下子全都消失不见了。

我来到一处由残留的洪水形成的大池塘，从那里下了河堤，又沿着池塘走了一会儿。洪水干涸的地方有一块大小合适的石头，我坐了下来，眺望对面。风时而吹起，时而停止，阴沉的夜空中飘浮着不相称的轻云，不发光的白星若隐若现。

　　过了一会儿，一只老狐狸从对面黑暗的竹丛中慢吞吞地走了出来。夜色中狐狸的身影清晰可见，它警惕地环视了四周之后，来到池塘边，用前爪在水中不停地搅动。泛白的池面上荡起层层涟漪，依稀可以听见啪嚓啪嚓的水声。狐狸捞起缠在前爪上的水草，以一种奇怪的方式挂在头顶。突然池塘中央响起了水声，我大吃一惊望去，只见水面以下一尺左右的地方，有一条大鲤鱼在迅猛地游动，池面很黑，然而鲤鱼却清晰可见。仔细看时，只见鲤鱼下方有一条更大的鲤鱼正朝着同样的方向迅猛地游动，鲤鱼身上的每一片鳞片都清晰可见。我正感到蹊跷的时候，两条鲤鱼一下子消失得无影无踪。不知何时，池塘对面正站着一位年轻女人。女人身上的竖条纹和服跟传说中的一模一样，十分醒目。她梳着椭圆形发髻，身姿婀娜，然而五官却看不清楚。

女人蹲在池塘边,好像又在做什么。四周很是昏暗,而女人的周围却看得清清楚楚。女人用双手将周围的树叶和杂草聚拢到一处,不停地按压弄圆,然后不知何故竟变成一个婴儿。女人抱着婴儿,绕过池塘走上了河堤。像是一位可爱的乡村少妇,看着不觉令人春心荡漾。我从身旁捡起一根合手的棍棒,悄悄地跟在她身后。

　　女人沿着河堤疾步而行,我警惕地跟在她身后,走着走着,对面的竹丛也被甩到身后了,我们来到空川的河堤与大川的河堤交汇处。在河堤的分叉口处有一户人家。女人走到门前,轻轻地敲了房门。我站在不远处,一声不响地观察着。女人连续地敲门,并说道:"娘,我回来了"。屋里传出了咣当咣当的响声和开门声,年长的阿婆答应了两三声,抱着婴儿站在门口的女人便消失进屋内了,随后又传来关门的声音。这时我跳了出来,挡在了即将关闭的门口。一位五十岁上下身材矮小的阿婆正站在门内。

　　"阿婆,那女人是狐狸精!"我冷不防说道。

　　阿婆吃惊地望着我,她盯着我的脸,什么也没说。女人站在阿婆身后,和方才一样抱着孩子。女人也露出惊讶的表情注视着我。

"阿婆，那女人是狐狸精，快把她赶出去！"我又说了一遍。

"我亲眼目睹她从狐狸变成女人的，我这就剥了她的皮！"我又说道。

"不许胡说！"阿婆怒了。

"她是我儿媳。这么晚了，你究竟来干什么！"

"阿婆，她是大竹丛里的狐狸。你可不能被她骗了。"

"胡说什么。你是不是被狐狸附身了，疑神疑鬼的。不是狐精附体就是色鬼吧？"

"不是啊，阿婆。"我也不发火，"我在大竹丛的池塘边，亲眼看到狐狸变成了这个女人。她抱着的婴儿是树叶变的，我全都看见了。我猜想她变成抱着婴儿的女人，肯定是要骗人的，就跟了过来。然后她就进了你家里。你若不信，就用青松叶熏熏婴儿，很快就原形毕露了！"

"哎哟，你净说些胡话。还说什么要拿青松叶熏我孙子，如果不是树叶变的怎么办。我儿子不在家，万一出点什么事，我怎么对得起我儿子。我决不同意，请你适可而止，早点回去休息吧！"

"阿婆，你彻底上当了啊！"

"不，我没上当，你才应该好好清醒清醒。三更半夜的，堵在人家门口，正经人有这么说话办事的吗？"

"如果她真是狐狸怎么办？"

"怎么可能呢，你赶快回家吧！"

"可是阿婆，如果她果真清白的话，我从刚才开始就一直在这儿说狐狸狐狸的，她不可能沉得住气不吱声的呀。正因为被我看到变身的过程，所以才无言以对的。没有被阿婆看穿这一点，她正得意扬扬呢。如果就这样让她进屋睡觉的话，不晓得阿婆夜里会遭到什么毒手呢！"

听我这么一说，女人三步两步走上前，突然大声哭泣起来。

"娘，怎么办，怎么办？"女人说道。

"没事儿，没事儿。"阿婆说道，"不用理会他，这么大声，会把孩子吵醒的！"

"哼，"我说道，"婴儿一醒，树叶就散开了吧！"

"娘，"女人又大哭起来。"我好委屈，怎么办？"女人气得浑身发颤。

"你若委屈，就熏熏婴儿呀，老狐狸！"我说道。

"好，我熏！"女人气得说话声音都变样了。

"说什么呢！"阿婆惊讶地制止道。

"不要管她。我待会儿就剥了这妖精的皮！"

"不，我不许你们胡来，孩子可不能拿来闹着玩儿！"

"没事，熏一下。作为条件，如果我不是可疑的人，这人就别想回去了！"

"阿婆别担心，稍微碰到青松叶的烟就真相大白了。如果像阿婆认为的那样，真是婴儿的话，稍微熏一下烟也没事儿的吧。你就等着瞧吧，肯定是婴儿变回树叶，那女人露出尾巴逃跑。到时候我就用这根棍棒将她的脊骨打碎！"

在我说话的时候，女人从里面取出一把青松叶，于是我在门前的路上堆起青松叶，点了火。红色的火焰在针形的叶间蔓延，像是要熄灭却又重新燃了起来，转而升起了青黑色的烟，呛得厉害。

"喂，把婴儿抱过来！"说着，我便从女人手中接过婴儿。让女人来熏的话，指不定她会怎么蒙骗过去呢。胖嘟嘟的婴儿在我手里动了几下，我用双手托着婴儿，将他放进了滚滚青烟中。突然，婴儿娇声咳嗽了两三下，接着便开始颤抖起来。我感觉不对劲儿，赶紧把婴儿从青烟中抱回来一看，婴儿已经死了。"啊！"女人发出一声撕心裂肺的尖叫，就昏厥在地上，不省人事了。

"看看你办的好事，真是的！"阿婆带着哭腔咬牙切齿地说道。她脸色苍白，四肢颤抖，并没有将昏倒的女人扶起来的意思。

我不知所措，也不晓得狐狸在哪个环节做了手脚。是不是我看鲤鱼的时候，发生了什么事，可是之后我的确看到狐狸的所作所为，不可能有误的呀。跟踪女人的过程中也没有发生什么。但是婴儿就这么死了，被我认定为狐狸的女人也为此昏迷不醒，我是跳进黄河也洗不清了。怀着一丝希望，我尝试着对婴儿做了各种护理，可是孩子太小了，终究还是无济于事。我给少妇脸上喷水，试着把她拉起来，想方设法唤醒她，可她还是没有清醒过来。阿婆面如土灰，茫然若失，也不帮忙。

我在陌生的屋檐下，一边看护昏厥的女人，一边大声叹息。许多往事涌上心头，却都模糊不清，断断续续却又连绵不绝。不知不觉，我已泪流不止，我试图回想刚刚亲手害死婴儿的过程，不知为何，这件事却比其他任何事情都更为模糊。

正在此时，从河堤下的大川上传来了说话声。一盏摇曳在水上的灯笼正向这边靠近，随后又传来橹橹声，可以得知船正朝着河堤下方划来。我不希望有人到场目睹身处如此窘境的我。首先，如果来者不善，真不知道我将遭受什么处置。可是，主人外出时，婴儿夭折，阿婆失神发作，少妇又昏迷不醒，这样的危急关头，如果有谁肯来帮忙，也是值得感激的事情。

不久，船停靠在河堤下，五六名男人蜂拥而上。从河堤上来后，他们不约而同地聚集在我们面前，看到如此场面，都露出错愕的表情。其中一人说道："看到门开着，以为发生什么事了，于是就进来看看。"一行中有一位年长的住持，住持不停地安慰着阿婆。我正抱着女人，头戴鸭舌帽的年轻人从旁边拍了拍女人的侧腹，不知怎的女人就清醒过来了。女人意识到正被我抱着，便猛地推开我，站起身来，又撕心裂肺地放声大哭起来。

我毫无隐瞒地将事情的整个经过一五一十地向大家讲述了一遍。这帮人是邻村的青年，因为平时摆渡时在此上下船，而跟这家人熟络起来。住持是远处山顶上一座寺院里的院主。阿婆也终于平静下来，反复地在住持面前叹息由于我的轻率而害死了她的宝贝孙子，使他们家遭受灾难。并且哭诉道明天儿子回来后没法儿交代。少妇则抱着死去的婴儿，哭个不停。

"只因此人固执己见而酿成如此事故。尽管家里人制止，他还是硬要烟熏婴儿，简直无法无天。如此刚愎自用，自然是不可饶恕，但是念在这名男子没有丝毫恶意，只因担心这家人被狐狸骗了，才提出过分的要求，可谓是好心做了坏事。总之，这名男子因为遇上狐狸而变得疑神疑鬼，跟他讲道理也没有意义，但是他并非有意要做坏事，而且无论是谁，遇上了狐狸，都不晓得可能会做出什么事。权当你们命中有此一劫，就原谅他吧。老衲替这名男子向你们道歉了。婴儿确实是太可惜了，但是也请当作是命中注定，最好能看开一点吧。我会跟您儿子详细解释，使他理解和接受的。"住持如此说道。他语速异常地快，一口气说完了。我打心底里感激他，无意中望了望他的脸，我看到挂在他鼻尖上的一副极大的眼镜，不由得吃了一惊。

"都怪我太鲁莽，真是对不起。"我向大家道了歉。

"不管怎么说也是害死了一条生命，理应向各方报告，不过暂且就交予我吧。你这就跟我先到寺院来一趟吧。那这个年轻人就先由我处置了。"住持说道。

　　一起乘船前来的青年们也都纷纷赞同，表示这样比较好。阿婆和少妇也总算同意了，就这样我被交到了住持手里。住持在夭折的婴儿耳边念了简短的经，然后带着我离开了。同行的青年们都留了下来，大概要在灵前守夜吧。

　　我跟着住持，在漆黑的陌生道路上不停地走着。蛙声时而响起时而停止，听起来像是接近黎明了，然而天空却怎么也不变亮。我们穿过灌木丛，走过狭窄的空川水渠，终于来到山脚下。途中住持一言未发，只是在准备登山的时候，说了一句"途中不许回头看！"语气听起来十分恐怖，吓得我两腿发软。

　　山道险峻，走在我前面的住持踩落的山土石块咕噜咕噜地滚下来，每当滚到我的脚尖上，我都被吓得毛发悚立。四周一片漆黑，分不清哪里是天空，哪里是山。我感觉像是一头扎进了无底的太空里，喘不过气来。

　　渐渐登上山顶了，漆黑中一座大寺院闯入了我的眼帘。住持走进黑暗的大门，一位身穿白衣的小和尚握着手烛走了出来。我跟着住持，穿过一间又一间宽敞的房间，来到正殿。两盏长明灯透出微弱而冷清的亮光。住持让我合掌坐在如来佛像前，然后绕到我身后，剃光了我的头发。在此期间，我一直念着"南无阿弥陀佛，南无阿弥陀佛"。接着，住持递给我念佛用的钲鼓和磬铃，让我为被我害死的婴儿念佛。然后，住持就不知去向何处了。我独自一人坐在宽敞的正殿的正中央，不停地敲击念佛用的钲鼓。不知从何处不时吹来阵阵晚风，悬挂在柱子上的幢幡随风微微晃动。清脆的钲声响彻四周，我的心也渐渐变得清澈通明起来。我一边缅怀脆弱地死于我手的婴儿的面容，一边不断地从心底为幼小的灵魂祈祷冥福。我把钲鼓敲个不停，不久，天突然亮了。黄色的朝阳闪耀着灿烂的光芒径直照射到我的脸上，我回过神来环视了四周，哪有什么柱子、幢幡、如来佛像和念佛钲鼓。天际的秃山上粗粗拉拉地散布着赭土，我正坐在凹坑里，手握枯木枝，膝前放置念佛钲鼓的地方有一枚碎瓦片。除此之外别无他物。被揪掉了头发的头皮火辣辣地痛起来。我愕然站起身来，却不知该去往何方。

石板路

绕过山麓后，道路变得异常崎岖，对面寺院里升起的青烟映入眼帘。鼓声咚咚地响个不停。戴着白色绑腿的男男女女纷纷朝寺院的方向走去，数百头牛成群结队地赶着同一条路。牛一边慢吞吞地赶路，一边不时地眨着眼睛，那神情跟人别无二致。我感觉走在我旁边的牛的脸，跟在镜子中看到的自己的脸很相像。我跟牛并排走了起来。

　　不知何时，大家都走进了寺院里。寺院里面聚满了人，而四下却鸦雀无声，这让我担心起来。刚刚牛群还在那边拥挤着，如今却不知去向了。我也就忘了牛的存在了。

　　山门的仁王像旁，有一间兼寺务所的临时棚屋。许多男人拥挤在里面。寺务所的正中央是一个很大的台子，上面堆积着许多包着奉书纸①的奖品，还排列着数百支大大小小、形形色色的烟灰筒。大的有花筒那么大，小的只有烟袋杆的碎片那么小，不知道是干什么用的。不管怎样，我觉得获得了烟灰筒也没什么意思。

一片安静中，一名男子缓缓地走了出来。那名男子威势逼人地在寺务所前行了一礼，然后向着正殿的方向走了过去。大家都聚精会神地看着，我也目不转睛地观察着。那名男子在正殿的香资②箱前站住，煞有介事地投了香资。然后，马上转身走了回来。围观的人群开始变得嘈杂，那名男子走到寺务所前，获得了一个包着奉书纸的大包裹。男子双手捧着包裹，从寺务所前退了下去。围观的人都鼓起掌来。一双双白色的手掌像是田地里翻滚着的豆叶。

第二位是我。这么多人，也不知道为何选我作为第二位。我沿着石板路朝着正殿的方向走去。掌声和喊声一下子停了下来，四周变得和刚才一样鸦雀无声

① 奉书纸，用桑科植物的纤维制成的最高级的日本白纸。
② 香资，参拜神佛时供奉的钱财。

了。我在一片寂静中走着，石板路很长，又长又白的石板路上，除了我以外没有一个人。我感觉双腿打战，我穿着和服裙裤，边踢下摆边走路的样子想来十分庄严。

我走过石板路，来到靠近正殿的地方。道路的一侧是一长排没人坐的凳子，却不知为何引起了我的注意。仔细看时，只见另一侧站着几位老相识，正目不转睛地盯着我看。我感觉自己大半个脸都要被吸引过去了。尽管如此，我还是一心一意地面朝前方缓缓行进。

我效仿之前的男子，在香资箱前站住。悬挂在我头顶的匾额上是一只奇特的鸟的浮雕。我站在那里思考了一下，但还是不知道该怎么做。我根本无法知晓之前的男子在这里做了些什么。我想如果只是投香资的话，不可能获得那么好的奖品。然而，事到如今也不能在众目睽睽之下返回去。早知如此，被选为第二位时就该立刻拒绝的。

我不知所措地呆立着，身后一片寂静，就连咳嗽声也听不见。我感觉两腿开始颤抖起来了。此时，我突然想到一点，之前的男子站在这里的时候，从后面看来，也是除了投香资以外，完全不知道他做了些什么，所以，即便我只投香资就回去，谁也不知道。对，就这么定了。突然我感觉头顶上方有动静，抬头看时，只见匾额上的鸟的眼珠好像动了一下。我吓了一跳，是不是计划败露了？我开始害怕起来。等我回过神来，才发现身后以及四周围着成百上千的围观者，大家都在看着我。继续这样犹豫不决的话，不知道得多丢人。不管那么多了，我拿定主意要以威势逼人的架势行动，我往香资箱里投了一把米。一大半的米粒都撒落在外面了。我立刻转过身去，朝着山门的方向走了回来。两旁的围观者都目不转睛地望着我，我感觉很心虚。走了一会儿，我因为担心雕刻着鸟的匾额，想回头再看一下，然而围观的人太多，没能回头。

　　我在寺务所前站住，一位和尚从里面走了出来，目光锐利地望着我。除了和尚以外，还有五六名男子站在前面的路上，也都望着我。

　　见我默不作声，和尚从台子上拿起一个包着奉书纸的大包裹，递到我面前。

　　"那么，请收下这个。"和尚说道，声音像女人一样温柔。

　　我伸出双手，接了过来，也不知道里面装的什么，非常重。我暗想作为第二位出场果然比较幸运，边想边稍微后退了一些。我意识到周围鸦雀无声，突然吓出一身冷汗。之前的男子在此领到奖品时，周围的围观者都鼓掌了。没有人为我鼓掌，看样子是不是大家已经看穿了我的内心。我心想糟了，吓得呆然不动。突然，人群中不知何处响起了啪啪的拍手声，只有一个人在鼓掌，掌声回荡在寂静的四周，如同正午的破石之声，听得我很害怕，真想让他赶快停下来。然而，掌声似乎要停下来的时候，又开始啪啪地拍打起来，怎么也不肯停止。

　　不管怎样，我想赶快逃离人群，跑到没人的地方躲起来。我环视了一下四周，每个方向都被围观者堵得水泄不通，根本没有出路，而且每一位围观者都望着我。我并不想放弃奖品，只是想先把这个奖品藏到某个地方。

　　不久，原本寂静的四周开始变得嘈杂起来，仔细看时，只见一只七面鸟①模样的大鸟正沿着清扫得干

① 七面鸟：别称火鸡，雉科食用禽，原产北美，野生。体重雄性10~16kg，雌性6~9kg，头部有肉疣，颈部有肉垂。

干净净的石板路疾步向这边奔来，像是冲我而来的。我不顾一切地奔入人群中，心想躲到围观者中间的话，它就分辨不出哪位是我了。可是，尽管有成百上千的围观者，我奔跑的方向却空出一条笔直的道路来，两侧的人墙都望着我。我奔跑在人墙之间，一侧的腋下还夹着奖品，我试图跑出人群。跑了好大一会儿，再看两侧时，发现围观者依然列队望着我。我又接着跑啊跑啊。我不停地奔跑，可是两侧的围观者依然列队望着我，我想我已经完了，干脆停了下来。然而我仔细看时，才发现被我一度当成围观者的脸的，其实是排列在田地里的高粱穗。

驱
天
花
神①

午后有位不认识的男子来到大门口敲门，我出去看时，说是找我妻子。男子穿着脏兮兮的条纹和服与鞋子，脸上长着小脓疱，声音发颤，我有点担心。妻子出来后，和那人你一言我一语地聊了一阵，男子放声嗷嗷大哭起来，然后哭着回去了。

　　我预感要出大事了，后悔不该让妻子到大门口来见客，但为时已晚。

　　没过多久，妻子不见了，我慌忙离开家，出去找妻子。我四处寻找，不知不觉天色渐渐变暗，夜幕降临了。寺院旁边流淌着一条很宽的水渠，我站在水渠旁想念失踪的妻子。倒映在水渠里的天空依然明亮，

---

① 驱天花神，日本传说中治疗天花的神。相传将红色币帛和红豆糯米饭载于草包圆盖上，送至十字路口献于此神，即可效验。

可以清晰地看到二三十只黄鼬从石头墙缝里窜出又窜入地玩耍。不时有黄鼬鸣叫，那啼鸣声犹如敲击石头发出的声音，在水渠两侧的石头墙之间回荡，一直传向远方，我感觉毛骨悚然，便又走了起来。

　　我来到一条空无一人的小巷，四周十分寂寥。多数人家都房门紧锁，分辨不出里面有没有人。我沿着屋檐，边走边侧耳倾听，心想会不会从某一户人家里传来妻子的声音。两侧的房屋渐渐逼近，屋檐几乎要相互碰到，我停下脚步想要折回，这时我发现角落里有一条黑暗的甬道，便拐进那里。甬道又长又黑，大石块儿在我脚下咕噜咕噜地滚动。甬道左右蜿蜒了两三次，出乎意料地延伸到一处明亮的广场。广场上仿佛还没日暮，我松了口气。广场的对面是一簇房屋，傍晚昏暗的天空下，辨认不出形状，只是相互簇拥着。

　　我穿过广场，朝着那一簇房屋的方向走去。靠近房屋时，感觉风渐渐变暖了，我不禁觉得有点蹊跷。不知何处传来敲鼓声，像是想起来就敲一阵似的，鼓声时响时停。鼓声停的时候，万籁俱寂。不一会儿，突然就又响起咚咚咚的鼓声了。

　　我渐渐靠近那簇成排的房屋，依旧沿着屋檐，边走边留意屋里的动静。房门全都紧锁着，四下却有些嘈杂，紧锁的门内传出男男女女的呻吟声。昏暗中，白色幡旗在道路的对面随风飘动，葬礼在进行。

身穿白色和服的男人斜举着白色幡旗，匆匆忙忙地走过。一位和尚撩着衣服下摆跟在后面，只有五六个人跟在棺材后面送葬。棺材似乎极为沉重，咯吱咯吱的木头摩擦声在四周回响。大家好像很着急的样子，恨不得跑起来似的。

我站在屋檐下，一边目送送葬的人远去，一边想出什么事了呢。屋内依旧不断地传来呻吟声，间或响起敲鼓声。我又走了一会儿，突然感觉有什么东西轻轻碰到了脑袋，抬头一看，才发现家家户户都挂着纸片，飘动的纸片时不时地碰触到我的脑袋。黑暗中也看不清纸片长什么样，好像是红颜色的。我吃了一惊，赶忙逃离了屋檐。

"天花！"我大喊道，试图逃离这里。

正在这时，迎面又走来一队送葬的人，奔跑似的从我面前经过，沉甸甸的棺材也发出咯吱咯吱的声音。昏暗中依稀可以看到抬棺材的四个人空出的那只手一致地摆动着，不知从何处又传来咚咚咚的鼓声。

我害怕极了，想赶快逃离这个地方，便准备沿原路返回。我心想染上天花就完了。正在这时，从对面一间脏兮兮的房间里传出女人的呻吟声，那声音一听就知道绝对是我妻子。

　　我立刻打开房门，走了进去。进门的地方就是客厅，我妻子和白天来我家的男子并排躺在床上，正痛苦地呻吟着。再看妻子的脸，不知何时已染上天花，满脸脓疱。

　　"你为什么要到这种地方来？"我怒声问道。

　　"因为这个人拜托我喂他临终时含在口中的水。"妻子痛苦地说道。我非常生气，心想怎么可以提如此过分的要求呢。

　　男子不停地呻吟着，已经快要死去了。他脸上的脓疱里流出来许多血。

　　"然后，我也染上天花了。"妻子哭着说道。

　　我把妻子扶起身来，背在背上，然后走了出去。妻子恳求我稍等片刻，男子就要死了，我没答应她。看到我背走妻子，男子似乎想说些什么。我只是回望了一眼他那怨恨的眼神，全然不顾地走了出来。

　　路上已经黑透了，不知从何处又吹来一阵暖风。

漆黑一片，虽然看不清楚，但听到匆忙的咯吱咯吱声，我知道送葬的又来了，便担心起来。妻子趴在我的背上不住地呻吟，口中说着我听不懂的话，时不时地放声大哭。温热的泪珠顺着我的脖颈流到脊梁。

我们来到刚刚路过的广场，入夜的广场一片漆黑。我在黑暗中走了很久，方才那动辄就响起的鼓声已经完全听不到了。突然背上的妻子用力搂住我，并发出可怕的喊叫声。我大吃一惊，感觉好像有什么东西跟在我身后。回头看时，只见五六匹老狐狸就聚在我身后。黑暗中依稀可以看到它们正用长舌头舔着嘴边。

我大吃一惊，背着妻子拼命地跑了起来。狐狸是来吃痘疱痂的，我这才明白原来敲鼓是为了驱赶前来舔痘疱痂的狐狸的。想到这里我更加害怕了，基本上已把背上的妻子抛之脑后，只是像背着包袱似的拼命奔跑。不知跑了多久，环顾四周，发现自己来到了曾经经过的街头的十字路口处，离我家还很远，不过已经把狐狸甩掉了。我松了口气，把背上的妻子放下来，却发现妻子不知何时已经死了。我很吃惊，尝试了各种办法也不见效。我边哭边想妻子死得太可怜了。早知如此，应该让她喂刚刚的男子临终时含在口中的水。

男子如今也死了吧，就为了让这个女人喂他临终时含在口中的水，染上了天花还专程来我家恳请妻子。可是我把妻子带走之后，他只能孤苦伶仃地死了。我突然惦记起那个男子来了。

我边哭边背起死去的妻子，朝我家方向走去。途中我感觉浑身发痒，阵阵恶寒，继而手足乏力，已经背不动妻子的尸体了，心想自己最终还是染上天花了，一时之间，眼前什么都看不清楚了。我不想再背因感染天花而死去的妻子的尸体了，但又不能扔下不管独自回家。正当我站在路旁犹豫不决时，我感觉越来越难受，脸上冒出来许多大脓疱。

"这下完了。"我想道。

我蹲在路旁，独自一人哭了起来。我感觉很孤独，知道自己已经活不成了，很快就会像刚刚那个男子一样死掉。在我死去的时候，也没有女人喂我临终时含在口中的水了，想到这里我便愈发感觉凄凉。我的眼前清晰地浮现出刚才我把妻子从男子家背出去时，回头望见的他那怨恨的眼神。

白化体

尽管我没有跟任何人展开辩论，却独自一人生闷气。有人主张有神论，也有人主张无神论，这两类人之间存在分歧。即使我说了神是不存在的，也并非是要否定有神论者的观点。不理解这一点可不行，我边想边把手揣进怀里，一个人心烦意乱地走着。心想如果真有神的话，那就把神带来让我看看不就得了。即便把神带到我面前，却只是有神论者自以为的神的话，对无神论者而言也并非是神。然而，应该这样推理吧。无神论者在否定别人的神之前，首先也承认了自以为的神的存在，他们为了否定而供奉着神，不是吗，我独自追问，愈发烦闷起来。

　　街上有些嘈杂，我不晓得走在街上的人要赶往何处。这是一个有着许多小巷的街市，小巷都很窄，远处已经有点暗了。我站在巷口望了一眼，却没有心思走进去，就依然沿着原路走了起来。街上的人多得几乎摩肩接踵，一一避开十分麻烦。

街角卧着一条黑狗，乌黑的狗毛像刷了漆似的泛着美丽的光泽，而前脚却短得出奇，下颚前突。我看到它颚上密布着歪歪扭扭的白牙，脑海中浮现出一位长着同样脸庞的男子来。我想不起来究竟像谁，只是感觉莫名地生气。我一边斜眼看狗一边走，走到前面的路口又看到一条同样的黑狗，前突的下颚上密布着白牙。我注意看时才发现每个路口处、每个屋檐下、每条小巷里竟有无数条这样的狗。它们看起来性情恶劣，下颚都前突着，我感觉说不出的厌恶和恼火。

不管怎样神是不存在的，我在心里断然反驳道。即使存在，那神也是否定的牺牲品。别再胡思乱想了，神绝对不存在，肯定不存在。等我回过神来注意看时，不知何时一位瓜子脸的女子正跟我并排走在街上来来往往的人群中。女子脸色苍白，看上去无精打采的，但是十分年轻。女子一把抓住我的衣袖，并说道："这就是您的不对了。神是存在的。"我吃了一惊，正想停下脚步，女子又开口说道："请到这边来，我为您带路。"说着便拐进旁边的一条小巷里去了。也不知道女子要领我去哪里，心想就这么跟着她走不太好，但是又不好拒绝，只好跟女子并排拐进小巷里了。我们沿着狭窄的小巷走了许久，昏暗中我看见前面有一盏大得出奇的灯笼泛着半红半黄的微光，悬挂在路的中央。仔细看时，才发现这条小巷的路旁也到处都蹲卧着长着细牙的黑狗，它们都睁着黑色的小眼睛望着我。当我经过它们面前时，它们便懒洋洋地站起身来，用那小短腿朝着跟我一样的方向，慢吞吞地走起来。每条狗都是如此，这让我很诧异，无意中回头一望，只见在我身后，不知何时数百条黑狗正随我走来，我大吃一惊。

"这下可麻烦了。"我说道，"狗为什么跟着我呢？"

"不，"女子沉着地说道，"狗并非跟着您来的。"

女子依旧若无其事地带着我赶路。我暗忖道，这女子不会是基督教徒吧。不然的话不可能如此沉着，或许是想拉我加入基督教呢，我怎么可能入教呢。

没过多久，我们便来到大灯笼跟前，灯笼的微光洒射在四周，天色已黑了。女子带我走进眼前的格子门里，里面是空荡荡的土屋，角落里放着一张长凳。长凳上坐着五六名奇怪的男子，好像在等待着什么。

女子将我领到长凳前，让我坐在长凳的一头，而她立刻就钻进里间了。并排坐在长凳上的几名男子都沉默不语，一动不动。我也坐着等了一会儿，也不知道在等什么。我感觉可能会遭遇可怕的事情，就想不如回家算了。但想起刚刚看到的黑狗，又害怕起来，不敢独自出门。

过了一会儿，坐在长凳另一头的一名男子静静地站起身来，离开长凳，横穿土屋，进了里间。与此同时，从里间也走出一名男子，安静地朝街上走了出去。我这才明白原来大家都在排队等着，轮到我的时候应该怎么办呢。也没人向我说明情况，旁边的人一言不发，我也不好问他。土屋里的黑土吸收了不知从哪里射进来的微光，显得这间屋子异常宽敞。看似光滑的土面上长着许多小瘤，小瘤看上去全都湿漉漉、冷冰冰的。四下十分昏暗，只有屋顶和墙壁上静静地泛着微白的光晕。我独自注视了一会儿那层光晕，竟感觉脊背发凉。过了一会儿，又有一名坐在长凳另一头的男子静静地起身走进了里间，接着从里间也走出一名男子，穿过土屋走到外面去了，也不清楚是不是刚刚进入里间的那名男子。就这样，后来大家全都站起来走了，长凳上只剩下我一个人。我又孤独又害怕，想趁现在周围没人悄悄溜走。但是得先瞅瞅狗还在不在外面，于是我打算若无其事地离开长凳，正在这时，从长凳正好是我坐的地方的底下突然滚出两团泛白的脏兮兮的棉花团似的松软物体，一直滚到了土屋的正中央。吓得我出了一身冷汗，连头发都竖了起来。那泛白的团状物体不停地在土屋中央转圈圈，我仔细观察了一下，原来是白化体婴儿。虽然轮廓尚不清晰，但看上去像是西洋人的模样，长着白毛。肉团似的白化体在土屋阴冷的黑土上咕噜咕噜来回滚动，时不时地发出母鸡一样的叫声，说不出的瘆人，我不由得朝外面跑去。可是，原本在宽敞的土屋地面上滚来滚去的白化体却缠在我脚边，使我无法动弹。我呆立了一会儿，白化体爬进我和服的下摆，我感觉白化体的脸和手脚好像接触到了我的肌肤。我跺了跺脚，试图把白化体从我脚边赶走，却感到有冰冷而柔软的东西贴在我腿上，我终于不顾一切地跑了起来。还没跑几步，我就踩毁了一个白化体。我刚觉得踩到了一个有弹性的东西，那白化体就死了。我心想出事了，转眼望去，只见刚才为我带路的那位女子从里间跑出来，她愕然呆立住，然后大声哭起来了。啊，我这才意识到原来白化体好像是这位女子的孩子。突然有人从背后将双手伸到我的腋下，紧紧地抓住我。我吃了一惊，回头一看，只见一位身穿西服的高个子男人正俯视着我。

"干什么！"男人盘问我说。我刚想回答，但是又痒又好笑，我想挣脱他的手，男人反而把我抓得更紧了。那位女子一直站在我对面大声哭泣。我实在憋不住就笑出声来。声音卡在咽喉里，又从肚子里涌出来，我笑个不停。我踩死了人家的孩子，既对不住孩子，也对不住孩子的父母。我既懊悔又恶心还害怕，我憎恨将我带入如此田地的女子。然而，我却并未沉浸在这些复杂感情中的任何一种情绪中。我感觉愧疚，接着立刻又感到可笑，就连害怕也很快转化为可笑。看我只是前仰后合地大笑不止，哭个不停的女子突然露出可怕的表情向我逼近。

"难道您遭受如此考验，还是不相信神的存在吗？"女子问道。我觉得太可笑了，边说"存在、存在"，边笑个不停。

"不能放开这个人，抓紧他。非要等他真正相信神的存在为止，否则不能原谅他！"女子对我身后的男人说道。

女子和男人似乎都不明白我为何要笑，这让我很为难。然而我这么笑个不停，就连"太痒了，放开我！"这句话也说不出口。

"不要紧。你替这个人向神祈祷吧。"男人说道。

我因为太痒而笑得快呼吸不上来了。

女人来到我身旁，露出尖锐的神情，问道："那么，请您相信神，跟我一起向神祈祷，好吗？"

我努力忍住笑，简短地回答了一句："祈祷、祈祷。"然后又扭动着身体捧腹大笑。

码头

我在温泉疗养区结识了一名男子，我们渐渐变得熟络起来，就像老朋友一样。我妻子跟男子认识之后也变得熟络起来，像老朋友一样相处着。我开始有些担心起来，想回家了。

　　我和妻子一起来到码头，准备渡过像海一样一望无际的湖回家。蒸汽船已经停靠在码头了。那是一艘涂了白漆的，虽小但是很高的船。船舷与陆地之间搭着一块细长木板作为渡桥，乘客都得通过木板进入船里。我妻子也准备沿着木板上船，木板很窄，我正担心太危险的时候，那名男子从船里走了出来，拉住了妻子的手。我松了口气，同时也奇怪那名男子什么时候上了船。

　　然后我准备走过那块木板，我踩在木板的一端，无意中往下一看，只见湖水呈诡异的青黑色，水面上时而漂过碎稻草末，像油一样沉闷地流动着。吓得我两腿发软，不敢向前迈步，心想这也太危险了。我正思量着该如何是好的时候，抬头望见湖心正涌起大风浪，浪潮正向这边逼近，这使我觉得站在此处也很危险。我想把妻子叫回来，就朝船上望去，妻子正从小窗口露出脸庞望着我，仿佛很担心的样子。我从岸边大喊："你回来！你回来！"很快妻子便缩回了脸，从小窗口露出了那名男子的脸。男子的脸映着湖水，看起来十分英俊。男子朝我喊了句什么，但是听不清楚。好像是说："没关系，你过来吧。"可是这么危险，我不敢跨过去。我大声喊道："不管怎样，让我妻子回岸上来。"这次我妻子的脸又出现了，我刚刚说了让她回来，她却不回来，这让我有些生气。但是转念又想现在不能表现出生气的样子，便努力克制住情绪跟她说话。可是她好像完全不明白我的意思，又跟之前一样缩回了脸。接着再次露出了那名男子的脸，我妻子和那名男子从同一扇小窗口交替出现，这让我很不愉快。这可不行，我得赶紧想个办法。男子又对我说了什么，可还是听不清，男子的脸上写满了关切，那是一张俊俏的脸。我也不能对男子生气，只是十分焦虑不安。正在这时，突然，船平缓地向对岸行驶起来了，搭在船舷上的木板滑落进水里，溅起了水花。小窗口中露出我妻子的脸，正怨恨地望着我。我后悔不该犹豫不决，早点上船就好了，但事已至此，也没有办法。船朝着湖心的方向渐渐驶远，我极目远眺，眼睁睁看着船离去，直到小窗口看不见为止。我妻子和那名男子似乎还在交替着从小窗口看我。我心烦意乱，担心得直跺脚。人力车夫来到我跟前，拉上了我。

我打算改坐人力车，绕湖岸奔向蒸汽船停靠的地方。车夫像是全然了解我的心思似的风一样地飞驰起来。我瞬间感觉踏实多了，很感激这个可靠的车夫。我坐在车里渐渐冷静下来，回想起来，实在郁闷。还没等我上船，妻子就进了船舱，这让我很不高兴。为什么不在甲板上等我一会儿呢？我回想起，当我站在岸上找妻子的时候，最先看到的是那扇小窗口，而非甲板。想到这里，我感觉心里变得拔凉拔凉的。

人力车沿着长长的湖堤行驶，像风一样快。跑过两侧杂草丛生的地方时，突然有个小孩从草丛中摇摇晃晃地走出来，一头钻进我们的车底下。我大吃一惊，正要回头看时，车夫大喊"别回头看！"声音十分可怕，我吓了一跳，心想小孩还是被轧死了。

　　途中车夫对我说道，即便这样拼命跑着，也说不准到底能不能追上船呢。也不知道为什么，我已经不怎么着急，感觉无所谓了。

　　终于到站了。乘坐蒸汽船渡过了湖的人们正准备换乘火车，我貌似赶上他们了。长长的火车横在我面前，四周死一般的寂静。我边跑边朝每扇车窗里看去，当我看到妻子和那名男子正并排坐在前方的车厢里时，我高兴极了。车厢里的妻子也高兴地站起身来，我正准备走进车厢时，突然传来一个清脆的声音："车票呢？"我说："没有车票也不要紧吧，我上车后补上，没事的。"列车员从后面走过来把我撞开了。然后说道："快点！快点！"

　　我正困惑不知该如何是好时，火车开走了。火车从我面前消失的刹那，我一下子感觉特别孤独无助，泪珠扑簌簌地流了下来。火车在远处鸣笛，我朝火车的方向望去，正好一团白色的烟雾飘了过来，我真想追着火车跑。这时我妻子出现在逐渐变小的火车窗口，让我感觉特别亲切。我正想跟她打信号，妻子却躲进了车里，取而代之的是男子的脸。男子向我做了一个奇怪的手势，我没看明白。很快男子的脸也缩了回去，妻子那白皙的脸又浮现出来。火车渐渐远去，什么也看不见了。

我急得直冒汗，却又无能为力，只能像热锅上的蚂蚁一样，在附近团团转。

终于下一趟火车来了，距离前一趟开出已有相当长时间了。

我上了火车，车厢内很宽敞。一位面相凶恶的退隐者正在读报纸，眼镜搭在鼻尖上。我感觉好像在哪儿见过这位退隐者，这种似曾相识的感觉让我很不愉快。退隐者的旁边放着一个奇怪的包裹，包着白布，有四五尺长，我没地方坐下。没办法，我只好举起那个长包裹，试图把它放到头顶的网架上。然而只有我手托起的地方有所支撑，包裹两头都软绵绵地耷拉着，而且我感觉包裹是温热的。见我愣在那里，退隐者气得火冒三丈。我赶忙解释说因为没法儿坐才碰包裹的，即便如此，退隐者还是很生气。他怒气冲冲地亲手把包裹放上了网架，然后很不高兴地扭过头去。我虽然感觉很过意不去，但还是坐了下来。

我渐渐平静下来，呆呆地坐着。等我回过神来，才发觉我并没有在想关于妻子的事。照这样下去，也不知道会发生什么事，到时候后悔也来不及了。想到这里，我立刻绷紧了心弦，然而没过多久便放松了下来，我已经不再像之前那么担心了。

到了一处，火车停了下来，涌进来四五个和尚。其中一位坐到了我的对面。那个和尚一边苦笑一边自言自语，也听不懂他在念叨什么。不久，我听他清晰地说道："你可以睡着了。"

和尚刚说完，挂在他脸上的笑容就消失不见了，像被剥去了一层皮似的。和尚像鸡似的把下眼睑往上翻，叭地一下合上了双眼。与此同时，嘴也像鲫鱼死去的时候一样，将下唇往上抬，叭地一下闭上了嘴。我一直盯着和尚的脸，想知道他刚刚的笑容跑到哪里去了。那情形就像人临终时灵魂离体一样。其实我也不太明白自己在想些什么。不久，和尚慢慢地张开双眼，眼睑张开之后，眼珠还在睡着。和尚望着车厢顶部，双眼无神。不久，眼珠开始动了起来，先是在眼内上方转了个小圈，然后落到前方来，接着不可思议地笑了起来。我松了口气。就这样，我又差点忘记妻子。

不久，和尚像是要对我说些什么，我觉察到之后十分担心，在和尚面前坐立不安。

突然，一滴冰凉的液体落到我的脖颈上，很快就滑落到我的脊背。我吃了一惊，抬头看时，只见鲜血正从网架上退隐者的包裹里滴滴答答地往下流。我大叫一声，仿佛回到了刚刚路过的湖堤上。这时和尚来到我身旁，对我说道："没事啦，没事啦。"热泪再一次从我眼中涌了出来。我感觉绝望而无助，无声痛哭起来。

和尚看到我在哭，便像不小心碰了什么东西的蛤仔似的，闭上了嘴。和尚脸上又露出跟原来一样宁静的表情。之前不太明白，然而望着望着，我发觉原来和尚还是在笑。和尚从下眼睑开始合上了眼睛，然后睡着了。

我越想越悲伤，眼泪止不住地落下来。然后我想通了一件事。眼泪分为从眼中流出的和从心底流出的两种。即使是从心底流出的泪，大概我们也觉察不出来心在流泪。也许只有看到泪流出来，才能理解自己的内心。是这样的，是这样的，我似乎有点明白了，哭得更加伤心了。

火车在一个昏暗的站台上停了下来。许多人都像树一样站着，一动不动。我穿梭在人群中寻找妻子。妻子和之前那名男子并排站在众人的最前方，我想她果然还是在等我。我正要去妻子身旁，站在那儿的人都轻轻地抬起了一只脚，就这样，大家的身体都倾向同一个方向。我正惊讶时，大家都同时放下了抬着的脚，发出了震耳的踏地声。接着，大家的身体又向跟刚刚相反的方向倾斜，另外一只脚也抬到了跟刚刚一样的高度。这只脚也同时落下，发出震耳的踏地声。我看到妻子也跟大家一起做着同样的动作，感觉她像一名忧伤的杂技师，惹人怜爱，我想赶快到妻子身边去。整个过程中，大家都一直重复着抬起单脚然后又放下的动作，同时发出震耳的落脚声，使我无法走向前去。我越过众人的肩头，向妻子望去，妻子依旧老老实实地跟大家一起跳舞。但是妻子根本不看我，即使有时看向我附近，也决不跟我对视。我焦急地做了许多手势想引起妻子的注意。在此期间，在场的人依旧不紧不慢地扑通扑通地踏脚，若无其事地跳舞。就这样，我没法走向前去。最终，我感觉累了，想着"想赶快到妻子身边去"，便萌生了一种"已经无所谓了"的心情。我怀着复杂的心绪，心不在焉地呆望着。

这时，那名男子冲我莞尔一笑，我从未见他笑得如此甜蜜动人。我突然醒悟过来，活了半辈子一直觉得与己无关，然而这就是所谓的情夫吧。

豹

半坡上有家卖鸟的店铺。一位长着歪鼻子的脏老头总是盘腿坐在店铺前，不停地削着竹子。以前路过这家店铺时，总能听到绣眼鸟、野鸲、金丝雀等在婉转啼鸣。不知从何时起，这些可爱的鸟儿全都不见了，取而代之的是一对鹰在矮小屋檐下的大笼子里孵育雏鹰。再次路过店铺时，我本想抬头看看屋檐下的雏鹰是否已经长大了，才发现那不是鹰，是鹫。老鹫无论雌雄都有一间①高，雏鹫和鸡差不多大。老鹫和雏鹫都像被人捉住粗暴地揪掉了毛似的，头上、脖子上以及背上的羽毛都严重脱落。旁边笼子里的豹正一动不动地窥伺着雏鹫。我意识到情况很危险，环视四周，发现牧师、法华太鼓②的鼓手，以及十五六个来历不

---

① 间：日本长度单位。一间等于 6 日尺，约合 1.818m。
② 日莲宗信徒使用的太鼓，敲击时鼓声由小变大。

详的人也都在围观。豹发出可怕的吼声，将前爪伸进了鸶巢。雌鸶张开锯一般的翅膀防御豹。雏鸶正用喙啄毛毛虫，雄鸶将头扭向一边，佯装不知。豹舒展开它颀长的躯体，背上像是翻起了层层波浪，那样子令人毛骨悚然。然后豹又发出了可怕的咆哮声，我开始担心起来。

"这只豹看起来有点儿眼熟。"有人说道。我心想现在可不是说这种话的时候。果然，豹把头扭向了这边。

"糟了，豹笼的竹条缺了一根，不找点什么插上可就危险了！"有人说道。我心想不该这么说，豹可能听懂了。正在这时，又有人说道：

"豹做出窥伺鸶的样子，只是策略啊。"我心想还不快住口，否则就该惹祸上身了。果然豹沿着屋檐下来，来吃我们了。我拼命地逃了起来，围在店铺前的人们也都朝着同样的方向跑了起来。大家聚成一团，沿着宽广而美丽的大道逃命。两侧是森林，风从身后吹来，像是在追赶我们似的。豹越过风向我们逼近，首先被吃掉的是牧师。因为牧师跑在路中央，所以被吃掉了。我们开始贴着路边跑，接着法华太鼓的鼓手被吃掉了。我回头看了一眼，豹将鼓手按倒在宽阔的柏油路的正中央，太鼓被抛在一旁。趁此机会我独自一人拐进了小巷，沿着又长又窄的路继续逃命。整条小巷都很冷清，我逃到了一条单面街①，街上全都是古董店，店里一个人也没有。后来我看到一尊很大的罗汉木像，接着又看到一户庭院里聚积着许多水的人家。我逃了进去，爬上了二楼。我从二楼向街上望去，只见豹把背压得很低，肚子几乎贴着地面，正从对面跑来，看样子豹正在追赶我。我不知道榻榻米和梯子磴上有没有留有我的湿脚印，我意识到这儿也不保险。然而已经不能再返回前庭了，于是我从后门跳进庄稼地里，又逃了起来。可我还是不明白豹为什么只追赶我一个人。可能它只是披着豹皮而已，其实并不是豹吧。想到这里，我越发害怕起来。总之，不快点躲起来的话可就糟了。我不顾一切地在庄稼地里逃命，不知跑了多久。

最后我逃进了原野上一所孤零零的房子里。庭院的出入口处有一株很大的石榴树，一只腹部泛红的蜡嘴雀正喷喷啾啾地鸣叫不停。我回过头去，清晰地看

---

① 单面街：只在道路一侧有房屋的街。

到豹正越过对面秃山的山顶。我慌忙锁了门，防雨门窗都是由磨砂玻璃制成的，我心想玻璃制的可不安全。房内有五六个看着面熟的人，全是面色苍白的穷酸男子。我把房内所有的门都锁严实了，只剩一扇门的上方有个豹能跳进来的大缝隙，没有什么东西可以拿来堵住那里。我又思量，其实比起木制的防雨门窗，或许磨砂玻璃制的更安全一些，因为无论豹爪怎么抓都会滑落的。想着想着，我仿佛提前听到了豹爪和磨砂玻璃相互摩擦时发出的咯吱咯吱声，吓得浑身打战。

外面平静得令人不安，我忍不住就把磨砂玻璃门打开了一条细缝，从缝里窥视外面。房内的一个人说道：

"太危险了，太危险了！"

"豹看到你可就麻烦了，快别看了。"又有人说道。我看到豹正在对面的黑色堤坝上撕咬一个瘦弱的女人。我觉得那个女人跟我多少有点关系，不禁把脖子伸到了门缝外。豹用爪子扒开和服，不一会儿就把女人吃光了。然后豹朝我这边看了过来，我感觉自己被豹发现了，惊慌失措，正想躲起来。这时豹突然后脚着地，并朝着这边做了个奇怪的表情，像是在笑。我吓得出了一身冷汗，慌忙关上了门。

"只剩这扇门上方的缝隙了，能不能想想办法把它堵上？这么多人都在这儿呢，总不能就这么等着被豹撕咬吧。"我对大家说道。

大家沉着得令我感觉意外。莫非豹只是冲我来的？我感觉很无助，吓得坐立不安。

"快想想办法吧，我不想被豹吃掉。"说完，我哭了起来。

房内的五六个人都看向我。

"你知道的吧？"其中一人对我说道。他一脸神秘地微笑着。

"闹着玩呢！"另外一个人交待道。

"怎么回事啊？"有人问道。

"我了解这个人，以前就爱逗趣。"

"这样啊！"刚刚询问的男子笑了起来。大家忍不住一同笑了起来。

我惊诧不已，想说"我完全不了解情况呀。"但是大家一直在笑，我只好擦干眼泪等大家笑完，然后我也觉得有点可笑起来。等我回过神来才发现，不知何时豹已潜入房内，正蹲在大家中间一同笑呢。

冥途

一个静谧寒冷的夜晚，我沿着漆黑的河堤，漫无目的地奔跑。河堤下方是一家戏棚模样的小饭铺。在马提灯的光照下，漆黑的堤坝中央泛起了湿润的光晕。我在小饭铺的白色凳子上坐下，什么饭也没点。只是感觉有种亲切的熟悉感包裹着我。桌子上什么也没有，空空的桌板反射出来的光线映在我脸上，显得格外寂冷。

　　邻桌四五个人一伙儿，正在吃东西。他们声音低沉，却饶有兴趣地聊着什么，时而传来平静的笑声。只听见其中一人说道：

　　"用不着打着灯笼迎接，用不着。"

　　我好像听到有人这么说道。我也不知道他说的是什么事，但却莫名地很在意，难以置若罔闻。我想着想着，竟突然气愤起来了，他好像是在说我呢。我转头朝邻桌望去，却搞不清楚究竟是谁说的。这时，又一个声音传了过来。声音很大，但并不洪亮。

"唉，没办法。他变成那样其实都怪我。"

听完我愣住了，突然热泪盈眶，眼泪刷刷地往下流。无缘无故地，我竟悲伤不已。我感觉有什么东西触碰到了心弦，却又记不起悲伤的缘由。

过了一会儿，我点了一份醋泡胡萝卜叶，喝了一碗黏稠的山药汤。邻桌的一伙儿人又在聊着什么事情，时不时传来阵阵笑声。刚才那个声音很大的人是一位五十多岁的老人。只有那个人像皮影戏似的映入我的眼帘，他不断地变换手势，向同伴讲述着什么。尽管我能看到他就在那里，却看不清他的容貌，也听不清他讲述的内容，不如刚刚听得清晰了。

不时什么人路过河堤，像是在赶时间，很快就又离开了。万籁俱寂，我孤寂的影子一动不动。邻桌的一伙儿像相互拥抱似的簇拥在一起。我独自一人，吓得缩成一团，连大气都不敢出。

那人走过之后，邻桌又你一言我一语地聊起来。我依然看不清他们的面容，也听不清他们讲话的内容。尽管如此，那祥和宁静的团聚氛围却令我羡慕不已。

眼前的隔扇①背面朝我紧闭着。一只翅膀歪扭得飞不起来的蜂正沿着隔扇往上爬，隔扇上的纸被弄得喀沙喀沙直响。那只蜂比其他任何事物都更为清晰地浮现在我的眼帘里。

邻桌的一伙儿人似乎也看到了那只蜂。刚才那个人说道："有一只蜂。"这句话清晰地传入了我的耳朵。他接着说道：

"那是一只很大、很大的蜂。好像是熊蜂，跟我的大拇指一样大。"

说着，那人伸出了大拇指。他的大拇指我也看得清清楚楚。那是一只似曾见过的大拇指，一种亲切的熟悉感油然而生，我目不转睛地望着，不觉已泪流满面。

"我把蜂装进玻璃筒，开口处糊上纸，蜂在筒里上蹿下跳。蜂每发出一阵嗡嗡声，糊在开口处的纸就像风琴一样鸣奏起来。"

那人的声音越来越清晰，我也莫名地感觉亲切极了。我沉醉在他的声音里。那人继续说道：

_____

① 隔扇：日本式房屋用来间隔房间的拉窗、拉门、隔扇等的总称。有隔扇、屏风和采光拉门等。

"我把玻璃筒放在自己书桌上观察，然后孩子来了，嚷着要玻璃筒。我那孩子很固执，说了也不听。最终我生气了，拿着玻璃筒走到外廊，阳光正照射在庭院点景石①上。"

我仿佛清清楚楚地看到了太阳下船型的庭院点景石。

"玻璃筒砸在石头上摔碎了，蜂从里面飘浮似的飞出来。唉，那只蜂逃走了。很大一只蜂。真的是只很大的蜂。"

"父亲！"我边哭边呼唤道。

然而，对方似乎并没有听到我的呼唤。大伙儿静静地站起身来，走了出去。

"是父亲，果然是父亲！"我赶忙追了出去。然而一伙儿人已经不见了踪影。

我徘徊在附近寻找他们，一个声音传入我的耳中："我们继续赶路吧。"正是那伙儿人中像我父亲的那

---

① 庭院点景石：庭院铺石。为增添庭院景趣而使用的石头的总称。日本庭院多使用天然石块，根据不同产地大致分为山石、溪石、川石、海石等。

个人的声音。我从一开始就一直在倾听他的声音。

看不到月亮和星星，天空中没有一丝光明。一片漆黑中，只有河堤上方，一团微白的光亮茫然飘动。我看到那伙人不知何时已登上河堤，那团微白的光亮下依稀留有他们的身影。我想再看一眼那伙儿人中我的父亲，然而四五个人的身影模糊地交融在一起，分辨不出哪个是我父亲。

我垂下泪眼，伫立在漆黑的河堤中央。我的身影在马提灯映照下显得格外高大。我眺望着自己的影子，哭了很久。然后离开河堤，沿着漆黑的田间小路回了家。